GENTOSHA
OUTLAW
BUNKO

高級娼館

黒 沢 美 貴

幻冬舎アウトロー文庫

高級娼館

秋の夜の戯れ

窓から差し込む月の光が、美華《みか》の横顔を照らしている。

薄桃色の京友禅を纏《まと》った美華は、艶《あで》やかな薔薇《ばら》のようだ。襟足《えりあし》からのぞく華奢《きゃしゃ》なうなじに男の指が触れると、彼女はそっと目を伏せうつむいた。きめ細かな頬《ほお》に、漆黒《しっこく》の長い睫毛《まつげ》が影を落とす。美華のオリエンタルな美貌《びぼう》は月の光に照らされ、白い真珠のように、ますます輝きを放つ。

男が美華を抱き寄せ接吻《せっぷん》しようとすると、彼女はしなやかな指をそっと彼の口元へと当てキスを遮った。手を動かした時、京友禅の袂《たもと》が揺れ、微《かす》かに絹の匂いを放った。

「焦っては、つまらないわ。月の輝くこんな夜は、ゆっくり楽しみましょうよ。……ね、私の言うこと、ちゃんと聞けるでしょう」

美華にたしなめられ、男は頷《うなず》きながらも寂しい目をする。日本を代表するトップミュージシャンの彼、伊達《だて》政之《まさゆき》も、美華の前では子供のようにおとなしくなってしまう。彼女の凜《りん》とした美貌に抗《あらが》うことができないのだ。

黙ったままコクリと頷く政之に、美華は微笑《ほほえ》みを浮かべた。ステージの上ではあくまでクールで多くの観客を熱狂させる彼が、自分の前では〝素直な少年〟に戻ってしまう。その落差が、美華の母性本能をくすぐるのだ。

キスをたしなめられ瞳を微かに潤ませる政之が可愛く、美華は彼の頭を「いい子、いい子」というように撫《な》でた。自分より七歳年上の政之に、美華の母性本能は疼《うず》いてしまう。政之は美華に抱きつきたい衝動に駆られながらも、彼女に嫌われぬよう必死で抑え、掠《かす》れた声で言った。

「分かりました、お母さん。焦ったりして、ごめんなさい。お母さんがあんまり綺麗なんで、甘えたくなってしまったんです。ごめんなさい。本当に、ごめんなさい」

瞳を潤ませた政之は美華の顔をまともに見られず、彼女の腰を覆う葡萄《ぶどう》色の帯を見詰めていた。すると、この帯をほどけばあの魅惑的な裸体が現れるのだ、という思いが浮かんで、彼のセクシャルな欲望はさらに募ってゆく。美華はそんなことはすべてお見通しというように、真紅の唇に薄笑みを浮かべた。

「そうよ。政之、お母さんの言うことは、なんでも聞かなくちゃダメよ。いい子になりたいんでしょ？　いい子になったら、お母さん、政之に御褒美《ごほうび》をあげるわ。ふふふ。……ほら、政之、お母さんにワインを注いで」

美華はそう言うと、窓辺のソファに悠然と腰掛け、ワイングラスを差し出した。彼女の横柄とも思える態度にも、政之は悦《よろこ》びを隠せない。彼の股間は既に硬直していた。

政之は喜々としながら美華の足元に跪《ひざまず》き、グラスへとロマネコンティを注ぐ。美華は「ありがとう」と礼を言うと、ワインを喉《のど》に流し込んだ。薔薇色の酒を飲む美華からは、甘い芳香が立ちのぼり、政之はそれを思いきり吸い込んだ。すると彼の股間は、いっそう屹立《きつりつ》した。

目を細めて甘美なエクスタシーを嚙《か》み締めている政之が可愛く、美華はワインを飲みながら彼の頭をそっと撫でた。

「政之、いい子ね。ほら、御褒美をあげるわ。……あーん、してごらんなさい」

美華に言われるまま、政之はうっとりとした表情で口を開ける。ステージの上でのクールな彼の面影など、すっかりなくなってしまっている。美華は政之の顎《あご》を優しく撫でながら、口に含んだワインを、彼の口の中へとゆっくりと落とした。

政之は恍惚《こうこつ》としながら、美華の甘い唾液の混ざったワインを飲み込む。それはあまりに美味な御馳走《ごちそう》で、エロスの酒は彼の脳髄《のうずい》までをも痺《しび》れさせた。

政之は堪《たま》らずに、美華の膝《ひざ》の上に顔を乗せ、頰擦《ほおず》りをした。京友禅に描かれた四季の花々の模様が、ちょうど頰に当たる。

着物姿というのは、とうぜん肌の露出が少ない。着物の下には長襦袢《じゅばん》も着けているので、考えようによっては重装備だ。しかし、それでも美華には抗えないような色香が漂っている。肌を露出せずとも、美華は男のペニスを激しくいきり勃《た》たせる術《すべ》を知っているのだ。

薄桃色の袂から伸びた白く華奢な手で、美華は政之の耳からうなじを、そっと触れるようになぞった。

「ああ……お母さん……気持ちいい……気持ちいいよ……ううっ」

政之は堪《こら》えきれずに喘《あえ》ぎ声を漏らし、下半身をいっそう滾《たぎ》らせる。美華という女から立ちのぼる、目には見えぬフェロモンが、彼を絶え間なく刺激するのだ。

草履《ぞうり》を政之の股間に押し当て、優しく踏む。ズボンの上から草履で扱《しご》かれ、彼のペニスの先に液体が滲《にじ》み始める。

「ああああっ……ダメ……お母さん……くうっ」

政之の高揚に薄笑みを浮かべながら、美華は彼のうなじを指でさすり、股間をそっと踏み潰《つぶ》す。ミュージシャンである政之の喘ぎ声は、ビブラートが利いていてなかなか艶っぽい。

(でも、彼のこんな姿を知っているのは、きっと私だけね)

美華はそう思い、子供じみた優越感にちょっと浸る。

クールでセクシーなミュージシャンとして知られる伊達政之が、実はM、それも〝幼児プレイマニアのM〟で高級娼館に通っているなんて、週刊誌のでっち上げ記事のようだが、嘘《うそ》のような真実なのだ。

ファンの女性たちは、このことを知ったら、どう思うのだろう。失望してファンをやめてしまうだろうか。それとも「政之って本当は甘えん坊の可愛い男なんだな」と、呆《あき》れながらも大目に見てあげるのだろうか。美華は、女の勘で思うのだ。おそらく、多くの女性ファンは後者であろうと。あれだけ気を張って仕事をしているスターなら、赤ん坊に戻って甘えたい時もあるだろうと、大人の女なら理解できるからだ。

エクスタシーに喘ぎつつも安らかな顔をしている政之を見て、美華は母性本能が高まり胸が熱くなった。美華は政之の頰を両手でそっと挟み、濃厚なキスをした。

草履で擦《こす》られたペニスはズボンの中で膨れ上がり、ピクピクと蠢《うごめ》いている。美華から立ちのぼる甘くみずみずしい薔薇の香りが、彼の鼻孔をくすぐる。このまま美華に抱きついて京友禅にペニスを擦りつけて達してしまいたいと、政之は思う。

着物で肌を隠した女のエロスが、三十七歳の大人の男である政之には堪らない。政之は、安っぽい女には興味がないのだ。それは彼だけでなく、この高級娼館に集《つど》う男たちは皆同じで、ここではむやみに肌を露出する女より、淑女の風情の女が好まれる。高級な着物やドレスを纏った貴婦人のような女が、二人きりになって徐々に淫婦《いんぷ》へと変わってゆくところに、この娼館の客たちは果てしないエロスを感じるのだ。政之もそうした男の一人で、美華の素肌を見たいともちろん思いつつも、着物姿の艶やかさだけでも満足してしまうのだった。

美華は政之にキスの雨を降らせると、グラスに残ったワインを飲み干した。酔いが良い具合に廻り始め、彼女の肌も徐々に熱を帯び、瞳も潤んでゆく。纏め上げた髪の後れ毛が、白く華奢なうなじに掛かり、その乱れた感じがなんとも色っぽい。政之は下半身を硬直させながら、美華に見惚《みと》れた。

この高級娼館〝薔薇娼館〟のナンバーワンといっても、美華は完璧《かんぺき》な美人ではない。モデルのような体型でもなければ、特別に胸が大きいわけでもない。

しかし、誰もが虜《とりこ》にならずにいられない、不思議な魅力のある女なのだ。

美華はアーモンド形の瞳を光らせ、悪戯《いたずら》娘のような表情で、下唇をちょっと舐《な》めて言った。

「あー、酔ったせいか、なんだか熱くなってきちゃった。政之、お母さんの着物を脱がせてくれる？　帯が苦しいのよ」

美華の命令に、政之は嬉しいけれども緊張してしまう。ナンバーワンであり、〝薔薇娼婦〟と呼ばれている美華にはいわゆる「格」があって、犯しがたい威厳すら湛《たた》えているのだ。Sッ気の強い客などは、そんな威厳ある女を犯すのが堪らないのだろうが、Mである政之は躊躇《ためら》ってしまう。美華は彼のそのような胸中などお見通しで、微笑みながら再び命令した。

「お母さんの言うことは、何でも聞く約束でしょう？　政之、早く脱がして。着物だけでいいから。長襦袢だけの、ラクな格好にさせてよ」

強い口調で言われ、政之はおずおずと、彼女の帯をほどき始めた。絹の滑《なめ》らかさに、何度も手が滑りそうになる。複雑に結んだ帯をほどくのは、何度やっても容易ではなく、政之の額に汗が滲んでゆく。彼の奮闘が、美華は微笑ましい。政之の額の汗を、彼女は京友禅の袂で拭《ふ》いてあげた。

「ああ、やっとほどけたよ、お母さん。……帯をほどくのは、何度やっても難しいや。僕が不器用だからかな」

一仕事終え、政之は安堵《あんど》の溜息をついた。美華は彼を抱き寄せ、耳元に甘い息を吹き掛けながら囁《ささや》く。

「まだ着物を脱がしてないじゃない。早く脱がしてよ。……そして、ベッドに行きましょう」

美華の瞳に見つめられると、吸い込まれるような感覚になる。彼女の魔法に掛かったかのように、従ってしまうのだ。政之は唾を呑《の》み込み、コクリと頷いた。そして、美華の着物を払い、足元に滑り落とした。

白い長襦袢姿になった彼女を見て、政之は眩《まぶ》しそうに目を細めた。皓々《こうこう》と輝く十五夜の月が、美華を照らしている。長襦袢姿の愛らしい彼女は、月に住むウサギのように見えた。

美華は政之の手を摑《つか》むと、ベッドへと導いた。部屋の真ん中に配置されたベッドは、身体《からだ》が沈んでしまうほど柔らかく、幅が三メートルもある大きさだ。二人がもつれながらベッドに倒れ込むと、シーツの清潔な香りがふわっと漂った。

政之は襦袢姿の美華を抱き締め、豊かな胸に頰を擦り寄せて甘えた。襦袢の胸の清楚な香りは「母親」を思い起こさせ、彼のペニスはさらにいっそう屹立する。政之は中学生の時に母親が亡くなっているので、母の愛というのに飢えているのだ。

彼は「お母さん、お母さん」と呟《つぶや》きながら、美華の身体をまさぐり、甘えた。美華の温もりに埋もれているだけで、政之は高揚し、精を噴き出してしまいそうだ。

はだけた襦袢の胸元から、彼女の透き通る肌がのぞいている。静脈が浮き立つほど白く、きめ細かだ。政之は堪らずに、美華の胸元に頰擦りする。彼女の肌は、絹と餅《もち》を併せたような感触で、触れているだけでペニスが刺激される。美華は薄笑みを浮かべながら、政之の手を摑んで、自分の胸元へと導いた。そして濡れる真紅の唇で、優しく命じた。

「揉《も》んで。お母さんのオッパイを、揉むのよ」

政之は目を潤ませて頷き、命ぜられるまま美華の乳房を愛撫《あいぶ》した。柔らかで温かな胸を揉むのは、餅をこねているような感触で、堪らなく気持ち良い。愛情が詰まっているような美華の乳房を、政之は夢中で揉みしだいた。薔薇の蕾《つぼみ》のような乳首が、徐々に突起してゆく。

「ああん……お母さん、乳首、感じちゃうの……政之、ダメ……あああっっ」

シーツの上で艶《なま》めかしく身をくねらせる美華に、政之の欲情はいっそう募る。彼は美華の乳房を揉みながら、薄桃色の乳首をそっと咥《くわ》え、吸った。

「あああっ……気持ちいい……」

乳首が感じる美華は、身体を仰《の》け反らせて悶《もだ》える。薄紅色の女陰から、快楽の蜜が溢《あふ》れ始める。突起した乳首をチュッチュと吸い上げながら、政之はまさに赤子に回帰したような気分に浸っていた。

「お母さん……美味《おい》しい……お母さんのオッパイ、甘くて、美味しいよ……ううんっ」

政之の長い舌で乳首を舐め回され、美華の全身に快楽が走り、クリトリスも芽吹いてゆく。結った髪が乱れ、ハラリと垂れ落ちるのがまた艶めかしい。

美華の真珠のように白く艶やかな柔肌が、快楽でほんのり色づいてゆく。尖《とが》った舌先の感触で、薄桃色の乳首がさらに突起してゆく。政之の唾液にまみれた乳首は、露に濡れる薔薇の蕾のようだ。

美華は身体を仰け反らせ、長襦袢の裾《すそ》を乱した。形の良い白い太腿《ふともも》がチラリとのぞく。

「あああっ……ダメよ、政之。ああん……」

美華の太腿が眩しく、政之は彼女の下半身へと手を伸ばした。美華の肉づきの良い太腿は柔らかく滑らかで、彼は夢中でまさぐる。白い襦袢姿の彼女は「母」のイメージを醸《かも》し出していて、政之は激しく高ぶっていた。

彼の手が太腿の外側から内側に移り、次第に秘部へと伸びてゆく。美華は身を少し震わせた。

「お母さん……すごく濡れているよ。感じているんだね。花びらから蜜が溢れ出て、僕の指に絡みついてくる。嬉しいよ、お母さんがこんなに感じてくれて。ああ……お母さん」

政之の長い指で花びらを弄《いじ》られ、美華は甘い吐息を漏らす。彼女の愛液はあまり粘つかずサラリとしているが、量が多いのだ。

政之に乳首を吸われながら女陰を弄られ、美華の愛液は迸《ほとばし》り出た。大陰唇にまで蜜が広がってゆく。

「あああっっ……政之……ううんっ」

美華は襦袢をはだけさせ、乱れる。政之の指が、クリトリスに伸びる。高ぶっている彼女の蕾は、豆粒のようにプックリと膨れ上がっている。政之は夢中で乳首を吸いながら、火照《ほて》った蕾を弄り回す。

ステージの上でギターを搔《か》き鳴らす彼の指遣いは、美華に堪らぬエクスタシーをもたらす。親指と人差し指で蕾を摘《つま》まれて弄り回されると、美華の下半身に快楽の波が押し寄せ、彼女の口から悲鳴のような喘ぎ声が迸る。

乳首と秘部を同時に責められ、快楽に蕩《とろ》けながら、美華は譫言《うわごと》のように声を漏らした。

「お願い……舐めて……お母さんのあそこを……舐めて」

長く突起した乳首を舐めながら、政之は美華の顔を見た。エクスタシーで膨らんだ鼻孔が、やけに艶めかしい。

多くの男を虜にするオリエンタルな美貌が、自分の愛撫で歪《ゆが》んでいると思うと、政之は妙な優越を感じ、下半身をさらにいきり勃たせた。高級娼婦を本気で感じさせる悦びで彼はさらに高ぶり、美華の願いどおり下半身へと顔を埋めていった。長襦袢をめくり下半身だけを露《あら》わにしてクンニをするというのが、また淫靡《いんび》さをそそる。政之はペニスを怒張させながら、彼女の花びらから溢れ出た愛液を啜《すす》った。

「ああん……あああっ」

セクシーな声でファンを魅了する政之の口でクンニされ、美華の下半身は痺れながら蕩けてゆく。

美華は娼婦だけれど、客によっては本気で感じてしまうことがある。美華がナンバーワンの〝薔薇娼婦〟であるのも、そのような秘めた淫蕩《いんとう》性に依るところも大きいだろう。淑女的な外見とは裏腹の淫蕩性が、男たちの情欲を揺さぶるのだ。

しかしその場のセックスに溺《おぼ》れても、ナンバーワンである美華は、決して仕事であることを忘れてはいない。頭の片隅に「これは仕事だ」という思いが必ずあるのだ。そしてそれは、喘ぎ声の出し方に最も表れている。客によって、大きな声で激しく喘ぐのが好きな男もいれば、静かに微かな声で喘ぐのを好む男もいる。ナンバーワンの美華は、喘ぎは必ず男の趣味に合わせていた。

政之は「静かに微かに色っぽい喘ぎ」が好みで、美華は快楽に酔いしれながらも彼を興奮させるような喘ぎ声を出した。白蛇のように身をくねらせて喘ぐ美華はそれは艶めかしく、政之は激しく高ぶり、彼女の秘部を舐め回した。

美華の柔らかな秘肉が、彼の舌でえぐられる。彼女の薔薇色の唇から、甘い吐息が漏れ、空気をそっと震わせる。真っ白な豪奢な部屋には、サティの曲が静かに流れている。「ジムノペディ」の旋律《せんりつ》に合わせ、政之は〝薔薇娼婦〟の薄紅色の女陰を舐め続ける。美華の熟れた秘肉から花蜜がとめどなく溢れ、啜り切れずに政之の口元を汚す。

彼女の愛液はサラリとしていて甘酸っぱい。そして不思議なことに、愛液まで仄《ほの》かに薔薇の香りがするのだ。いつも薔薇のオイルで手入れをしているのだろうか、それとも体臭まで変えてしまう薔薇のサプリメントでも飲んでいるのだろうか。美華の下半身に顔を埋めて女陰の香りを思いきり吸い込みながら、政之はそのようなことを考える。

女性器特有の甘い腐臭と薔薇の香りが混ざり合った匂いが、政之の性感を強く刺激する。美華の薄紅色の秘肉に舌を入れながら、彼はペニスを怒張させた。

「ああっ……感じちゃうわ……政之、今度はクリトリスも……舐めて……」

美華は掠れた声で囁き、わざと秘部を見せつけるかのように大きく股を開く。薔薇娼婦の露わになった美しい秘部に月の光が差し、眩しさに政之は目を細めた。

高級娼婦である美華は、もちろん秘部も丁寧に手入れをしている。まめに洗浄し常に清潔を心掛け、一日に何度もアロマオイルを擦り込んでマッサージをする。アロマオイルだけでなく、この娼館秘伝の「締まりを良くする名器オイル」を使うこともあった。それゆえ美華の女陰は、常に薔薇の花びらのような優美さと可憐さを湛え、男たちを虜にし骨抜きにするのだった。

月に照らされ、美華の陰毛が漆黒に濡れ光っている。溢れ出る愛液と政之の唾液が、付着したのだろう。彼女のヘアは濃いが、量はそれほど多くない。丁寧に手入れをされ、美しく整えられた陰毛が、政之の荒い鼻息で微かに揺れる。

人魚の髪のような陰毛の下、赤貝の如き女陰に挟まれ、クリトリスが薄桃色の珊瑚《さんご》のように輝いている。ぷっくりと膨れたみずみずしいクリトリスに、政之は見惚れてしまった。

美華の秘部は、いつ見ても感激するほど美しいのだ。彼女の性器はとても娼婦であるとは思えぬほどの清らかさで、政之は見るたびに身体中が燃え立つほどに興奮する。

彼はいきり勃ったペニスをシーツに押しつけながら、美華の言いつけどおり、眩《まばゆ》いクリトリスへと舌を伸ばした。突起した蕾の感触と、朝露のような生々しい匂いと、クランベリーのような甘酸っぱい味が、彼の性感を強く痺れさせる。美華のみずみずしい蕾を舐め回しながら、政之はペニスをシーツに擦り付けて射精してしまいたかった。

「あああっっ……そう、上手……ねえ、ちょっと嚙んでみて……優しく、そっとよ……傷つけないように……ああっ……ううんっ」

最も敏感なところを舌で刺激され、美華は股を開いて乱れる。襦袢がはだけ、乳房と太腿が露わになり、白い柔肌は仄《ほの》かに色づき汗ばんでいる。美華は、仕事ということにも拘《かか》わらず、本気で感じていた。ナメクジのように柔らかな舌で秘部を犯され、全身が蕩けてゆきそうだ。花びらから甘い匂いの蜜が溢れ出て、太腿を伝わりシーツへと垂れ落ちる。

政之は美華の高揚を見ながら、自分もさらに高ぶった。美華という女は、普段はいかにも淑女といった風情だが、どこか寂しげなところがあり、いわば「翳《かげ》りのある美女」なのだ。そのような翳りのある女が、仕事にも拘わらずに本気で濡れて乱れるというところに、奥深い淫蕩性を感じ、政之は激しく興奮するのだ。

政之がクリトリスをそっと嚙むと、美華は柔らかな太腿で彼の顔を挟み、放さないというようにしっかりと締めつけた。そしてクリトリスを彼の舌先に擦りつけるかのように、自ら腰を動かす。そのような女の貪欲《どんよく》さが、政之の股間をさらに刺激する。彼は美華の膨れたクリトリスをそっと嚙みながら、ねだった。ペニスは痛みを覚えるほどに怒張している。

「ねえ……お母さん。一人だけ感じて、ずるいや。そろそろ……僕にも御褒美ちょうだい……」

政之の荒い鼻息に陰毛がそよぐ。くすぐったく、美華は微かに腰を浮かせた。彼のクンニで自分だけ勝手に達してしまっても良かったが、仕事なのだから、客である政之の希望も叶《かな》えてあげなければならない。

美華は薄笑みを浮かべ、上半身を起こした。はだけた胸元から、透き通るほどに白い乳房がのぞく。美華の瞳は快楽に潤み、目のきわが微かに赤く染まっていて、それがまた女の情念を感じさせるようでなんとも艶《つや》っぽい。乱れた襦袢姿の美華にはどんな男も抗えないような色香が満ち溢れていて、女の凄味に政之は息を呑んだ。

美華は彼の首に腕を回し、唇に吸いつくように口づけをした。彼女の真紅の唇に塞《ふさ》がれながら、政之は美華を雪女のようだと思った。纏め髪がほつれ、陶器のような肌は青白いほどに透き通っている。雪女の接吻は彼を痺れさせ、果てしない快楽の中で、政之は（このまま雪女に食べられてもいい）とさえ思った。

美華は政之を押し倒し、ズボンを脱がせた。過度の興奮のため、彼の股間は勢い良くそそり勃ち、トランクスには欲情の液で大きな染みができていた。美華は政之の股間を見て、瞳を潤ませ淫靡な笑みを浮かべる。政之は恥ずかしそうに手で顔を覆い、彼女にされるがままになる。

美華はトランクスを摑むと、勢い良くズリ下ろした。腹にピタリとつくほどに屹立した逞《たくま》しいペニスが現れる。臍《へそ》の周りにはミュージシャンらしく蜘蛛《くも》のタトゥーが彫られ、ペニスの根元には真珠が一粒入っていた。

怒張した赤黒い肉棒を見て、美華の秘部が激しく疼き、またも蜜が溢れ出てしまう。美華はすぐにでも秘部にペニスを埋め込みたかったが、仕事ということを忘れず、政之を焦《じ》らす。

彼女は政之のシャツを脱がせ、上半身も露わにした。ピアスが着けられた彼の乳首を見て、美華は目を光らせて微笑んだ。

「もう、政之ったら、本当にワガママなんだから。お母さんにおねだりするなんて、悪いコだわ。……ほら、お仕置きよ」

美華は優しく囁きながら、乳首に着けられたピアスを指で摘んで引っ張った。甘痒《あまがゆ》い痛みが乳首に走り、政之は身を捩《よじ》らせて悶え、ペニスをいっそう怒張させた。はち切れそうなほどに膨れ上がった肉棒を見て、美華に悦びが込み上げる。

トップミュージシャンである政之のような男を感じさせることができるのは、女として嬉しいものだ。女冥利《みょうり》、否、娼婦冥利に尽きるというべきだろうか。娼婦は、客の男たちをいかに悦ばせられるかに、己の存在価値を見出すのだ。男が悦んでくれれば悦んでくれるほど、娼婦であるという自分の存在を許してもらえたような気がする。少なくとも美華はそうであり、それゆえに客たちに精一杯尽くすのだった。

美華は政之の引き締まった胴に跨《また》がり、薄笑みを浮かべ乳首のピアスを引っ張る。すると彼のペニスはさらに猛々《たけだけ》しく屹立した。真珠が埋め込まれた男根が、赤黒く膨れ上がり脈を打つ。

「お母さん……痛いよ……ああ、でも痛いけれど気持ちいいよ……お母さん……ううっ」

政之は美華の熟れた身体をまさぐりながら、激しいエクスタシーに陶酔する。M男性に乳首にピアスを着ける人が多いのは、性感がいっそう強くなるからだ。ピアッシングをした部位の周囲というのは、感度が少なからず増す。それまで「乳首を愛撫されるのは、まあまあ気持ち良いかな」と思っていた人でも、乳首にピアッシングすることにより感度が冴《さ》え渡り、乳首の快感がペニスへとダイレクトに伝わるようになるのだ。

美華に乳首を責められながら、政之は痛みを超えた快楽に溺れ、ペニスをビクビクと蠢かせた。ペニスの先から、堪えきれずに透明な液体が迸る。美華は乳首のピアスを引っ張りながら、涎《よだれ》が滴《したた》る彼の唇へと口づけ、舌を絡ませる。政之は彼女の乱れた胸元へと手を伸ばし、豊かな乳房を揉みしだいた。

二人とも激しく高ぶり、互いに性器を熱く蕩けさせている。ミュージシャンの彼からは仄かにムスクの香りが漂い、それが美華の鼻孔をくすぐる。

美華はピアスを引っ張りつつ、政之の身体を舐めてゆく。耳元、首筋、胸元、乳輪、胴、脇腹……。薔薇色の唇から舌を伸ばし、美華は尽くすように丁寧に男の身体を舐める。彼女の極上の舌遣いに、政之は歯を食い縛って快楽を堪える。

「あああっ……お母さん……うううっっ」

彼のハスキーな喘ぎを聞きながら、美華はもっと感じさせてやろうと、熱心に舐め回す。臍の周りに彫られた蜘蛛のタトゥーを愛撫する時、美華は目を妖《あや》しく光らせた。政之のこの蜘蛛の彫り物を見ると、なぜか彼女は激しく欲情するのだ。赤と緑で彩られた毒々しい蜘蛛を、美華は夢中で舐めた。

「うううっっ……そこ……感じる……くううっ。あああっ」

政之は身を仰け反らせ、激しく悶える。彼の高ぶりが美華にも伝わり、彼女もいっそう燃えてゆく。美華は欲情のままに、そそり勃つペニスを口に含んだ。カウパー液が溢れ出るペニスはしょっぱいが、彼女はその味が好きなので逆に嬉しい。

黒く大きな肉塊《にくかい》を、美華は喜々として貪《むさぼ》った。深々と呑み込むと、竿の根元に埋め込まれている真珠が、彼女のぽってりとした唇を刺激する。

「あああっ……お母さん！　すごい……ううっっ……お母さんの口……すごすぎるよ……あああ――っ」

政之は身を捩らせ、悲鳴にも似た喘ぎ声を上げる。美華の口の中は生暖かく肉厚で、まったりとした感触が本物の女性器のようなのだ。そして舌遣いも見事なのだから、彼女のフェラチオの虜になってしまう客も跡を絶たないわけである。

美華は上目遣いで彼の興奮を見ながら、笑みを浮かべてペニスを舐め回し続ける。亀頭を咥えられて先っぽを小刻みに舐められ、政之は堪らずに精液を少し漏らしてしまった。男臭いペニスを頬張りながら、美華はすっかり欲情し、秘部は疼きを通り越して痛いほどに腫《は》れている。

美華は髪を乱し、妖しく微笑みながら、政之に跨った。アーモンド形の大きな瞳は、微かに血走っている。そして、怒張しビクビクと蠢いている政之のペニスへと、深々と腰を下ろしていった。真紅に染まった秘肉に大きな亀頭を呑み込んでゆく時、美華はブルッと身を震わせた。彼女の唇が、快楽の涎でうっすらと濡れる。

「お母さん……ううっ……すごい……お母さんのオマンコすごいよ……あああっ！」

美華の極上の秘肉にペニスを呑み込まれ、政之が悶絶する。彼女の性器は温かく柔らかく、どんな男根にもピタリとフィットして、肉襞《にくひだ》を絡ませキュウッと締めつけるのだ。決して緩くはないが、キツすぎず、まさに「どんな男のペニスにもフィットする」性器なのである。美華の女陰は、相手の男によって微妙に変わり、その男にとっての最高の快楽を与えることができた。つまりはどんな男にとっても「名器」なのであり、それも彼女を〝薔薇娼婦〟に君臨させている理由の一つだろう。

美華のその秘肉に咥え込まれるだけで、多くの男たちは擦らずとも達しそうになってしまう。政之も必死で堪えていたが、竿がすべて女陰に呑み込まれた時、またも精液を少し漏らしてしまった。

「あああっ……政之、こんなに大きくしちゃって、悪いコね……あああん、お母さん、感じちゃうわ……」

怒張したペニスを咥え込んだ美華が、政之に跨ったまま艶めかしく腰を蠢かせる。政之はそんな美華を、目を潤ませながら見上げる。彼女の花びらからは蜜が溢れ返り、腰を動かすたびにヌチャヌチャと卑猥《ひわい》な音を立てる。彼女も本気で感じているのだと思うと、政之は嬉しく感度もいっそう増す。

政之はエクスタシーに彷徨《さまよ》いながら、美華の乱れた襦袢にそっと手を掛ける。白い襦袢がハラリと落ちると、彼女の魅惑的な裸身が現れる。彫刻のような肉体でもなければ、プレイメイトのようなダイナマイトボディでもないが、美華は妙に男好きする身体をしていた。そして何よりも、彼女の肉体の一番の魅力は「肌」であった。艶やかで透き通るような肌は、月の光に照らされ、いっそう輝いて見える。政之は生唾を呑み込み、彼女の肌をまさぐった。手に吸いつくような白い肌の美華を、外国人の客たちは「東洋の真珠」と呼んでいた。彼女が娼婦という仕事をしていながら不潔感がまったくないのは、ひとえにこのみずみずしい肌のおかげだろう。政之は美華の肌に触れながら、すぐにでも性器を爆発させてしまいそうだった。

美華は政之に跨り、彼の額に浮かぶ汗を舐め、男好きする身体をくねらせて腰を蠢かせる。彼の竿に埋まった真珠が、ちょうど美華のクリトリスに当たって気持ちが良いのだ。

「ああん……感じちゃう……ううううんっ」

本気で感じている美華の秘肉は熱く蕩け、ペニスを奥深く咥え込んで、時に強く、時に優しく締めつける。

二人は月光に照らされ、性器を擦り合わせ、次第に頭が真っ白になってゆく。快楽のみに身を委ね、雄と雌になって交尾をした。

「あああああっっ」

政之が微かに悲鳴を上げる。美華が騎乗位のまま、彼の乳首に着けたピアスを引っ張ったのだ。痛痒い快楽がダイレクトに伝わり、彼のペニスは馬並みに膨れ上がる。蕩けた秘肉の中でペニスがさらにビクビクと膨れるのを感じながら、美華はなんとも言えぬ淫靡な笑みを浮かべ、薄桃色の乳首を硬く突起させた。

薔薇娼館

薔薇娼館は、銀座の片隅にひっそりと建っている。入り口を過ぎると緑豊かな庭が広がり、四季の花々がいつも咲き乱れている。小さな噴水があり、ベンツを収納するガレージがあり、大きな番犬が飼われている。そしてその奥に、薔薇の蔓《つる》に飾られた白亜の洋館が見える。その三階建ての屋敷が薔薇娼館だ。

昼間は静かな佇《たたず》まいだが、夜になると仄かにライトアップされ「男と女の社交場」といった妖しい雰囲気を醸し出す。軽井沢あたりのリゾートホテルのようにも見え、ここに初めて訪れた人は皆「ここは本当に東京なのだろうか」と錯覚を覚えるようだ。

庭に足を踏み入れたとたん花々の噎《む》せ返るような香りに迎えられ、館に辿《たど》り着く頃には客たちは皆、媚薬《びやく》でも飲んだかのように目が蕩けている。

薔薇娼館は銀座という街に咲いた、歓楽のオアシスなのだ。

娼館では、設立者であるママの瑠璃子《るりこ》を始め、選りすぐりの高級娼婦、男娼、執事兼運転手である緒形《おがた》、コック、ボーイやメイドたちが働いている。そして、ほとんどがこの館で寝泊まりして暮らしていた。

娼婦たちの多くは理由があってこの仕事をしているので、住み込みだと都合が良かった。ママはマナーなどには口うるさいが根は思いやりのある女なので、娼婦たちも気が楽なのだ。そしてママや娼婦たちの身の回りの世話は、すべてボーイやメイドたちがしていた。

この家族のような連帯感が、薔薇娼館にオアシスの如き雰囲気を漂わせているのだ。ママのモットーは「私たちが癒《いや》して差し上げるのは、お客様の身体だけでなく心の奥まで」であり、それが娼館の空気に表れ、客たちに居心地の良さを与えていた。

今日も朝からボーイやメイドたちは、館の掃除や庭の手入れに余念がなかった。夜には恒例の秘密ショーがあるからだ。顧客である政治家の鯨井《くじらい》が、息子や仕事仲間を連れて遊びにくるから、落ち度があってはならない。コックも早朝から築地に出向き、ＶＩＰたちの為に質の良い食材を探し回った。

「今日のショーは九時からよね？　また夜通しのドンチャン騒ぎになるのかしら。鯨井の御前、よく疲れないわね。けっこうなお歳《とし》なのに……」

洗った髪をメイドにドライヤーで乾かしてもらいながら、美華が気怠《けだる》そうに言う。外国人の客を一人取り、風呂に入って身を清めたところなので、なんとなく倦怠《けんたい》感が残っているのだ。そんな彼女をいたわるように、専属メイドである奈々《なな》が穏やかに答えた。

「美華様は売れっ子なのですから、お疲れになったらショーの途中でもお部屋にお戻りになってよろしいと思います。マダムもそう仰《おっしゃ》ってたじゃないですか。美華様、ショーに御出演されるわけではないのに、必ず姿をお見せになって遅くまで接客なさって……。真面目すぎますわ。お身体を大切になさってくださいね」

奈々に髪を梳《と》かされながら、美華が苦笑する。ナンバーワンの美華は秘密ショーに出演することはないが、接客に回らなくてはならない。ママには「無理することない」と言われているが、ショー目当てだけでなく美華に会うためにやってくる客もいるので、姿を見せないわけにはいかないのだ。ショーやパーティーの時は、笑顔で客をもてなし、飲み物を作ったりするだけでよいのだが、それが明け方まで続くとさすがに疲れてくる。しかし人のよい美華は、笑顔を崩さず最後まで饗宴《きょうえん》に付き合ってしまうことが多かった。

仲間の娼婦の中には、ショーが終わった後で別室に移り、そのまま客を取らされる女たちもいる。しかし美華は、そのようなことは免《まぬが》れることができた。ナンバーワンの彼女は、客をある程度選べたし、一日に多くて二人までしか取らなくても許された。

〝薔薇娼婦〟である美華は、あらゆる面で優遇されていた。それゆえ彼女は、ショーの時ぐらい客たちに最後まで付き合おうと思うのだ。それぐらいしなければ、ほかの娼婦たちに悪いような気がするからだった。

「そうね、身体は大切にしなくちゃね。この仕事、身体が資本ですもの。……でも三十歳になると、やっぱり疲れが身体に残るようになるわね。私がここにきた三年前は、一晩中飲んでも、一日に五、六人の客を取っても、全然疲れなかったのに。まあ、あの頃は、必死だったから。この世界に飛び込んだばかりで、ただ、がむしゃらだったもんね。三年前は若かったなあ、私も」

美華の長い髪を丁寧に梳かしながら、奈々は鏡に映る彼女をチラリと見る。美華がこの娼館にやってきてから、奈々はずっと彼女のお付きのメイドをしている。だから美華がナンバーワンになる前の新人だった頃のことも、よく知っているのだ。

奈々は薔薇のオイルを手に少量取り、美華の髪に擦り込んで艶を出す。甘い薔薇の香りが美華の鼻孔をくすぐり、彼女はリラックスしてゆく。

「『あの頃は若かった』なんて、お年寄りみたいな言い方やめてください。美華様、三年前より確実にレベルアップされてるじゃないですか。〝薔薇娼婦〟の冠をもらって、良いお客様たちに恵まれて。お客様方、皆様、美華様のこと褒《ほ》めてらっしゃいますもの。『美貌も、内面も、前よりはるかに深みが出た』って。……それに、テクニックのほうも」

最後の言葉を言う時、奈々は美華に顔を寄せ、そっと耳打ちした。青ざめていた美華の頰に、ほんのりと血の気が差す。

「ふふふ……慰めてくれてありがとう、奈々ちゃん。でも、あれね。この館に集う男性たちは、さすが口が巧いわね！」

美華のおどけたような言い方に、二人は顔を見合わせて笑ってしまう。

時間を掛けて、ゆっくりと身支度を整え、時計を見ると六時近かった。美華が住んでいる部屋と客を取る部屋はもちろん別で、ここは前者だ。シンプルな部屋には高級家具が置かれ、大理石のバスルームまでついている。美華の趣味で部屋全体が白で統一され、テーブルの上や窓際やベッドサイドに、色とりどりの薔薇の花を飾っていた。壁には彼女が大好きなシャガールの絵を掛けている。娼館の広間などではクラシックが流れていることが多いが、美華はジャズが好きなので、部屋にいる時はマイルス・デイビスやビリー・ホリデイなどを聞いていることが多かった。

「奈々ちゃん、ありがとう。ショータイムにはまだ時間があるから、少し休むわ。一時間前ぐらいになったら、今日のドレスに合うように、髪を結い上げてね。……ところで、ママはまだ会社から戻ってこないの？」

　美華は大理石の鏡台を離れ、ソファに深々と腰を下ろした。奈々が手際よくハーブティーを淹《い》れて、美華へ差し出す。

「はい。でも、マダムはショーまでには必ずお帰りになると思います。新製品のＰＲ戦略法で揉めているのではないでしょうか」

　レモングラスのハーブティーを啜り、美華は溜息をついた。

「しかしママも遣《や》り手よね。〝通販化粧品会社の女社長〟という本業がありながら、娼婦時代の客たちと戯《たわむ》れているのが好きで、この副業までこなしているんですもの。根っからの社交家なのね。……〝華麗なる女社長〟などという肩書きでテレビに出演しても、この裏稼業がまったく明るみに出ないのは、ＶＩＰのお客様たちのおかげ。娼婦時代の客を操って、都合の悪いことはすべて封印させるなんて。本当に凄い女だわ、ママって」

　美華のカップにハーブティーを注ぎ足し、奈々は微笑んだ。

「私などから拝見しましたら、マダムももちろん凄いですが、美華様も凄い女性ですわ！　美華様には、是非、第二のマダムを目指していただきたいです。……美華様なら、できますわ、きっと！」

　美華はお茶を啜り苦笑した。

「ありがとう。その言葉だけで、私は充分よ。……そうね、ママと私の共通点は、お金がどうしても必要で、そのためにこの道に入ったということね。だからママと私は、互いの気持ちが分かり合えるの。でも残念なことに、私はママみたいなバイタリティーもなければ、社交家でもないわ。ママみたいな人生に、憧《あこが》れはするけれど、自分ではできないって分かってるの。……ああ、なんだか眠くなってきちゃった。少し仮眠を取るわ。髪を結う時、起こしてくれる？　ごめんなさいね、いつも色々頼んじゃって」

美華がそう言うと、奈々は姿勢を正し、深々と頭を下げた。

「いえ、こちらこそ申し訳ありません。美華様お疲れのところ、長居してしまいました。お疲れならば全身マッサージをさせていただこうと思っていたのですが、おやすみになりますか？」

「気を遣ってくれてありがとう。でも、今日はマッサージはいいわ。眠らせて。奈々ちゃんも、ショータイムまで少し休みなさいよ。まだ若くてピチピチだから、私みたいに疲れはしないだろうけれど、お客様も多いようだし、ショー、長く続くと思うから」

美華の気遣いある言葉に、奈々は再び深々と頭を下げた。

「かしこまりました。失礼致します。ゆっくりお休みになってくださいませ。お言葉に甘えて、私も少し休ませていただきます」

奈々は丁寧な口調で言い、微笑みを残して部屋を去った。

美華は大きく伸びをすると、バスローブを脱いでシルクのネグリジェに着替え、寝心地の良いベッドへともぐり込んだ。

秘密SMショー

鯨井の一行が到着し、秘密ショーは九時過ぎに始まった。

百畳はある大広間にテーブルとソファが置かれ、ホステス役の娼婦たちを挟みながら客たちはくつろいでいた。美華は鯨井と彼の息子の和樹《かずき》の間に座って艶やかに咲き誇り、水割りを作るなどのサービスをした。

美華の栗色の髪は夜会巻きに結い上げられ、薄紫のドレスが彼女の真珠色の肌を引き立たせている。美しいスカルプチュア（人工爪）がつけられた美華の指は白くしなやかで、和樹は堪らずに彼女の手を握り締めた。美華はそんなことは慣れっこのように、彼の手にもう一方の手を乗せ、微笑みながらそっと押し返す。和樹はつまらなそうに溜息をつき、水割りを流し込んだ。

大学生の和樹は十歳年上の美華に夢中で、父親に頼んではこの娼館に遊びに連れてきてもらっている。父親の金で女遊びをする、いわゆる〝どら息子〟で、美華は贔屓《ひいき》にされていても彼のことを快くは思っていなかった。しかし美華に冷たい素振りをされても、和樹はそんなことはお構いなしに彼女に執着するのだった。

「同年代の女とは中学ん時から散々ヤリまくったから、飽きた。やっぱ女は年上だよなあ」

和樹は生意気な口調で、よくそんなことを言った。彼もまた、美華の美貌と蕩けるテクニックに、魅了されてしまっていた。隣に座っている美華からは甘い香りが立ちのぼり、若い和樹は傍にいるだけで下半身が隆起してしまいそうだ。

日に何度も入浴し、そのたびに薔薇の石鹸《せっけん》とオイルで身体を磨き上げる美華は、誰をも魅了する芳香が肌に染みついてしまっていた。薔薇の香りが染みついた肌に、香水をほんの少し振り掛ける。すると肌の匂いと香水が相まって、絶妙な具合で香り立つのだ。香りというのは濃厚すぎても人を不快にさせてしまう。ゆえに香水のつけ方というのは難しいのだが、薔薇娼婦である美華は〝香りの操り方〟も巧みで、男を惑わす媚薬のように使っていた。

今夜の客は日本人、外国人あわせて十名ほどで、テーブルについて接客している娼婦は六人いた。美華のほか、先輩娼婦である冴子《さえこ》、つい最近入ったばかりの沙耶《さや》などがいる。冴子は余裕たっぷりに男性客の相手をしながらも、新入りたちの接客態度に目を光らせていた。

言葉遣い、身のこなし、水割りの作り方、マナーなどをすべからくチェックし、なっていない新人にはその場で厳しく注意もする。それゆえ冴子は新人には怖がられていて、美華も入館したばかりの時は彼女によく叱られた。しかし今では、美華と冴子は、気心の知れた良き仲間である。冴子は美華の二歳上で、年齢が近いということもあるだろう。

冴子はもともと瑠璃子の化粧品会社でＯＬをしていて、この道に引き抜かれたのだ。目鼻立ちがハッキリとしたエキゾティックな美貌の冴子は、瑠璃子の会社でも目立っていた。

テキパキと仕事をこなす美人ＯＬの冴子が、誘われるがまま、なぜこの道に入ったのか。それは、結婚が破談になったショックからだった。婚約相手が、一方的に破談を申し入れた。混乱する冴子に、男は容赦なかった。せめて破談の理由を聞こうと電話を掛けても、出ない、或《あ》るいはすぐに切られてしまう。しまいには男の親に「二度とうちの息子には近づかないでください」と怒鳴りつけられた。冴子が「ワケを聞かせてください。私が、いったい何をしたのでしょうか。いくら考えても、自分の落ち度が分からないんです」と涙ながらに叫ぶと、男の親は冷たい声で言い放った。「ウチと貴女の家では、やはり格が違います」と。

冴子は一週間何も食べられず、会社も休んだ。そして何かに背中を押されるかのように、ふらつく身体で家を出た。冴子は男の会社へと行った。男を殺そうと思ったのだ。会社の受付で、引き留められそうになったが、彼女は一心に男の部署へと進み、中に入った。その時、冴子は周りなどまったく目に入らず、気にもならなかった。冴子はただ、男のことしか見えなかった。亡霊のような女がいきなり現れ、ズケズケと中に入ってきたので、社員たちは驚いた。男は自分のデスクで、パソコンを睨《にら》んでいた。冴子は脇目もふらずに男の背後に近づき、コートに忍ばせていたナイフを振り上げた。「きゃ――っ」という女性社員の耳をつんざく悲鳴が上がる。

正気に戻った時には、冴子は警備員と男性社員たちに取り押さえられていた。男は肩から血を流し、うずくまっていた。命に関わることではなかったが、全治一カ月の傷だった。警察沙汰が知れ渡り、冴子は会社に辞表を出した。瑠璃子はすべてを承知したうえで、彼女に言った。

「もし行くところがないなら、私が貴女の身を引き受けてもいいわよ」と。

冴子は少し考え、瑠璃子の話を承諾した。半ば自棄《やけ》になっていたのだろうが、彼女はこう考えたのだ。『格が違う』と言われて破談されたのだから、今度は私が『格のある男たち』を手玉に取ってやろう。男を利用して、贅沢《ぜいたく》させてもらおう。男なんて、しょせん、みんな同じだ」と。今から五年前、冴子が二十七歳の秋だった。

美華が薔薇なら、冴子は洋蘭《ようらん》の美しさがある女だ。黒髪のボブに黒い帽子、黒いパンツスーツが見事に似合うのも、彫りの深い美貌があってのことだろう。新人は論外として、冴子ぐらいのキャリアを積めば、客の前で煙草や葉巻を吸ってもよい。鯨井が連れてきた代議士に葉巻に火を点けてもらって、冴子は御満悦だ。もちろん美華も喫煙してよい立場であるが、彼女は健康のためにもノンスモーカーを貫いていた。

大広間のシャンデリアが消え、舞台にスポットライトが灯る。ママの瑠璃子が現れると、客たちから拍手が起こった。四十八歳とはとても思えぬ美貌とスタイルに、それぞれが目を見開く。瑠璃子は満面に笑みを浮かべ、皆を見回し、そして悠然と挨拶《あいさつ》をした。艶やかでハスキーな声が、大広間に響き渡る。

「皆様、薔薇娼館によくおいでくださいました。こんな雨の降る夜は、秘めた欲望というものがいっそう刺激されますよね。皆様の欲望を、私どもで満たすことができれば幸いですが……。さて、前置きはこのぐらいにして、早速ショーを始めましょう！」

瑠璃子の挨拶が終わると、広間に薔薇の花びらが舞い散り、緋色《ひいろ》の幕が開いた。

赤いスポットライトに照らされた舞台の上には、純白のチュチュを着けたバレリーナが立っていた。チャイコフスキーの『白鳥の湖』が流れ、バレリーナは踊り始めた。小柄で華奢な彼女は、色が抜けるように白く、清楚な色香を漂わせている。舞台の上で舞う彼女は本物の白鳥のようにも見え、客たちは息を呑んだ。三年前の二十三歳まで本物のバレリーナだった彼女は、赤いライトの中で神々しい美しさを放つ。ピルエット、ターンを優雅に繰り返し、鮮やかにジャンプした彼女を見詰めながら、鯨井がポツリと言った。

「ちょうど、この時だったんだな。……この踊りの、このジャンプの時、麻衣《まい》はアキレス腱《けん》を切ったんだ」

美華は何も言わず、溜息をつき、後れ毛をそっと整える。鯨井は水割りを舐め、独り言のように呟き続けた。

「だからこのジャンプの時、麻衣の顔が必ず引き攣《つ》るんだ。子供の頃からバレエの世界で活躍し、将来を期待されていた彼女が、ジャンプ一つですべてを台無しにしてしまったのだから、当然だ。いくら治療しても、なかなか前のようには踊れなくて、それで麻衣は絶望し、この館に流れてきた。……痛々しい。彼女はまさに痛々しい女だ。生きているのか、死んでいるかも、自分でよく分かってないかもしれない。そして、その痛々しさが、妙なエロスを醸し出すんだ。S男なら、彼女のジャンプの時のあの強張った顔を見て、舌舐《したなめず》りするだろう。サド侯爵ではないが、麻衣はまさに〝可憐なるジュスティーヌ〟だな」

美華は鯨井の話に苦笑し、そっと目を伏せた。隣の和樹はバレエにはあまり興味なさそうに、酒を飲みながら子羊のローストを囓《かじ》っていた。ライトの中で、麻衣の細い身体がしなり、弓のような曲線を描く。彼女の柔軟な身体は大胆なポーズを取り、それにセックスを連想して欲情する客もいる。

「Oh... So, Sensual」

外人客が溜息混じりに呟き、艶めかしい空気になってきたところで、ライトが赤から紫に変わった。

現れたのは、鞭《むち》を手にした、軍服姿の「タチバナ」であった。タチバナの姿を見ると、鯨井は顔を真っ赤にして大きな拍手をする。背が高く立派な体軀《たいく》をしたタチバナは両性具有のアンドロギュノスで、ヴァギナもペニスも持ち合わせている。見た目はまさに〝麗しき男〟あるいは〝男装の麗人〟であるが、胸だけは異様に突き出ていて、それがまた妙にエロティックなのだ。

タチバナはこの娼館の秘密ショーには欠かせない存在であり、外国人には特に評判が良かった。鯨井にも寵愛《ちょうあい》されており、彼はタチバナを目当てに娼館に通い詰めていた。女遊びにすっかり飽きてしまった鯨井は、この「乳房が異様に大きな美男子」といった風情のタチバナに夢中なのだ。

タチバナは立派な肉体を誇示するかのように胸を張り、鞭を振り回して舞台をゆっくりと一周した。胸の突き出た軍服姿は強烈な妖気を放っていて、客たちは思わず生唾を呑み込む。タチバナの勇姿を見ているだけで鯨井の股間は熱く疼き、ズボンの中でペニスが蠢いた。

タチバナは観客たちを睨みつけるかのように見回し、「ハッ！」と掛け声を上げると、手にした乗馬鞭を舞台に振り下ろした。鞭のしなるピシッという音が大広間に響き、客たちは思わず姿勢を正す。アンドロギュノスの迫力に、観客たちは皆、目が釘付けだ。外国人たちは口をポカンと開けてタチバナを見詰め、和樹も肉を食べる手を止めて見入っている。

そして舞台では、白いチュチュを纏った麻衣が青白い顔で怯《おび》えていた。ショーと分かっていても、麻衣はタチバナに圧倒され、本気で怖いのだ。そしてSッ気のある客たちは、痛々しい表情の麻衣に欲情を覚え、舌舐りした。タチバナは妖しい笑みを浮かべて麻衣に襲い掛かり、この幼気《いたいけ》なバレリーナの手足を赤い縄で縛り上げてしまった。

「いやあああっっ!!」

タチバナを本気で怖がる麻衣が、空気をつんざくような悲鳴を上げる。

紫色のライトの中、黒い軍服姿のアンドロギュノスが、白いチュチュを纏ったバレリーナを赤縄で縛る。

なんとも妖しいその光景から、客たちは目が離せず、息を呑む。縛られたバレリーナは舞台に転がされ、煙るライトの中で身をブルッと震わせた。白い素肌は恐怖のため、よけいに透き通って見える。タチバナは深呼吸をし、麻衣へと乗馬鞭を振り下ろした。

「きゃあああっっっ!! 痛いっ!! 痛――――い!!」

麻衣の絶叫が大広間に響き渡り、あまりに痛々しくて、美華は思わず目を伏せた。客たちは水割りを舐めたり葉巻を銜《くわ》えたりしながら、微かな笑みを浮かべてショーに釘付けになっている。瑠璃子も鯨井にもたれ、彼の太腿に手を置いてショーを楽しんでいた。

　麻衣は鞭で打たれるたび、その衝撃で身を弾ませた。華奢な肩には瞬く間に血が滲み、薄いチュチュが引き裂かれてゆく。美しいバレリーナが乗馬鞭で叩きのめされる壮絶な光景に、S男たちは涎を浮かべて股間を猛らせる。そしてM男および鯨井は、喜々として鞭を振るうタチバナにペニスを疼かせるのだった。

　ショーの途中で、一仕事終えたサトルがやってきて、女性代議士である笹子《ささこ》の隣に座った。伊達男のサトルに耳に息を吹き掛けられ、笹子の相好はすぐさま崩れてゆく。四十代半ばの笹子は、この二十九歳の男娼に夢中なのだ。サトルに手をそっと握られただけで、熟しきった秘肉から蜜が溢れ出してゆく。

　サトルは生まれつき右手が少し不自由なのだが、そのぎこちなさが母性本能をくすぐり、愛しさを募らせるのだ。そしてサトル自身も、己のハンディキャップを逆に巧みに利用し、同情させながらも女たちを食い物にしていた。ちゃっかりしてるが憎めない、そんなサトルの魅力にハマっている女たちは多かった。

「笹子さん、今宵も実にお美しい。……あ、胸元が仄かに赤くなってますね。ショーを見て興奮なさったのかな？　ショーの後は僕が笹子さんの身体の火照りを鎮めて差し上げますから、どんどん興奮なさってください……」

中性的な美貌のサトルに耳をそっと舐められ、笹子の下半身は蕩け、愛液が下着に染みてゆく。ショーなどどうでもいい、早くサトルの太いペニスを挿《い》れてほしいと思いつつ、笹子は口にするのを我慢した。ここでサトルと一緒に退席すれば、ほかの政治家仲間たちに「ショーも終わってないのに、なんて淫蕩な女なんだ」と嘲笑《ちょうしょう》されるだろう。笹子はサトルにもたれ、下着をグッショリと濡らしながら、ショーを見続けた。

舞台の上では麻衣が鞭で打ちのめされ、息も絶え絶えになっていた。タチバナは突っ伏している麻衣に水をぶっかけると、今度は勢い良くチュチュを剝《は》ぎ取った。麻衣の華奢な裸体が現れ、観客たちは生唾を呑んだ。

細い身体には鞭の跡が赤く走り、それがやけに艶めかしい。麻衣は乳房も小ぶりだが、スリムな女を好む男たちにとっては堪らない色香を湛えている。乳首がツンと勃っているのは、鞭打ちの痛みに苦しみながらも興奮しているからだろうか。脆弱《ぜいじゃく》な肉体の麻衣は、被虐の色気を発散していて、それにS男性たちは強く打たれた。纏めていた髪が乱れ、か細い肩にハラリと落ちる。

額に汗を浮かべ唇を嚙み締める麻衣のアンダーヘアは、剃毛《ていもう》されていて割れ目がくっきりと見える。紫色のライトの中、麻衣は陰部を曝《さら》け出して身をくねらせる。客の中には、ズボンの上からそっとペニスを擦る者もいた。

タチバナは悪魔じみた笑みを浮かべ、ワインのボトルを持ち、麻衣の身体に勢い良く振り掛けた。

「あああああっっ！　くううううっっ……」

アルコールが傷口に染みて、麻衣がのたうち回る。しかし、麻衣は責められれば責められるほど、雌動物のような色気を匂い立たせるのだ。つまりは、この元バレリーナは真性のＭなのである。麻衣は痛みを嚙み締めながら、乳首を突起させ、秘部を烈しく蕩けさせていた。溢れ出る蜜が、華奢な太腿を伝わる。

「あははは！　お前は本当に淫乱な雌犬だな！　私に鞭打たれて、責められて、こんなに乳首を尖らせるなんて！　なんだ、お前のこの乳首は！　なんでこんなに突起させてるんだ、この売女《ばいた》！」

タチバナは嘲《あざけ》るように言うと、麻衣の乳首を両手で摘み、思いきり引っ張った。

「あああ――ん！　ああっ、ああああっ！　ああ――っ！」

突起した乳首を攻撃され、手足を縛られたままで麻衣が身をくねらせる。秘部が感じてしまうのだろう、麻衣は舞台の上で妖しく太腿を擦り合わせた。

軍服姿と全裸というのは、〝支配する者〟と〝支配される者〟というイメージを喚起し、如何《いか》にもSM的だ。広間中に淫靡な空気が蔓延《まんえん》し、誰もが下半身を多少なりとも疼かせていた。

和樹も高ぶっているのだろう、舞台に釘付けになりながら、美華の手を摑んで股間へと引き寄せる。和樹の猛ったペニスにズボンの上から触れ、美華は溜息をついた。手を振り払いたかったが、客にあまり邪険にするのもよくない。特に彼は、上客の鯨井の息子である。美華は「仕事」と言い聞かせ、和樹のペニスをズボン越しに指でそっとさすってあげた。

「ああっ……凄くいい……ううっ」

まだ若い彼は、美華のしなやかな指遣いに呻《うめ》き声を漏らす。強い刺激に、猛るペニスからカウパー液が滲み出た。

ステージでは、乳首を引っ張られて涎を垂らす麻衣に、タチバナが侮蔑の笑みを浮かべていた。そして、今度は麻衣の脇腹を蹴《け》った。「ああっ」と悲鳴を上げ、彼女が舞台に突っ伏す。するとタチバナは麻衣の首を摑んで引き起こし、大声で罵《ののし》った。

「ほら、四つん這《ば》いになれ、雌犬！　お前は犬だ！　人間じゃない！　四つん這いになって、犬の姿で『ワンワン』って鳴け！　ほら、鳴け！」

麻衣はタチバナに首を摑まれ、手足を縛った縄を毟り取られると、舞台の上で無理矢理四つん這いの格好にさせられた。観客たちから、ざわめきが起きる。角度によって、麻衣の秘部が露わになるからだ。客たちの高ぶりは、いっそう烈しくなっていた。

「ほら、鳴け！　鳴け！」

タチバナは狂気がかった笑みを浮かべ、乗馬鞭を麻衣の背中に振り下ろす。ヒュンと鞭が宙を切る音がして、ピシッと麻衣の肉に食い込む。麻衣は激痛に身を震わせ、喚いた。

「キャ……キャン！　キャン、キャンッ！」

上擦った、情けない鳴き声に、観客たちの間から笑いが漏れる。しかし真性Ｍの麻衣は、人に嘲笑されるとよけいに感じて濡れてくるのだ。十代の頃、「バレエの天才少女」と言われてもてはやされた自分が、今やこんなにも堕《お》ちてしまった。人前で恥部を曝け出し、四つん這いで雌犬の真似をしている。そんな思いが、麻衣をさらに掻き立てるのだ。

麻衣は物狂おしいほどに燃え、感じてしまう。麻衣は「キャン、キャン」と犬の鳴き声を発しながら、秘部から愛液を垂れ流した。タチバナは目を光らせ喜々としながら、麻衣の細い首を摑み、身体の向きを変えさせた。

「ほら、雌犬！　お客様方にお前の尻を見せろ！　お前は本当に盛りのついた雌犬だな！濡れそぼってパックリと開いたマンコを、皆様に見てもらえ！」

麻衣は客たちに向かい、四つん這いで尻を突き出した。紫色のライトが、麻衣の尻を煌々と照らす。小さい尻の間、つぶらなアナル、そして蜜の滴る女陰が露わになった。

客たちはますます高ぶり、互いの興奮が互いを刺激し、相乗効果で目が血走ってゆく。秘肉の奥まで見られている興奮で、麻衣の女陰はピクピクと蠢き、蜜を迸らせる。カシャッという、シャッターを切る音が聞こえ、麻衣は「ああんっ」と身をくねらせて悶えた。

自分のアラレもない姿を写真に撮られると、麻衣は狂おしいほどに燃え上がるのだ。自分の痴態を見ながら男たちが肉棒を扱いて自慰に耽《ふけ》るのかと思うと、真性Mの麻衣は堪らなく興奮する。麻衣は「もっともっと、奥まで見て」というように尻をさらに突き出した。

「この雌犬が！　マンコを見られてこんなに濡らしやがって！　自分だけいい気持ちになってんじゃないよ！……そろそろ、御奉仕してもらおうか」

タチバナはそう言ってニヤリと笑い、ズボンをずり下ろした。軍服に大きく突き出た胸とはあまりに不釣り合いな、いきり勃つ黒いペニスが現れる。客たちが溜息を漏らすほど、立派すぎるイチモツだ。ペニスはライトに照らされ、有無を言わせぬ迫力でそそり勃っている。

タチバナの妖しい姿を見ながら、鯨井は我慢の限界というようにズボンの上からペニスを擦りつける。瑠璃子は鯨井に寄り添っていたが、自慰の手伝いはせずに、見て見ぬふりをしていた。

タチバナは巨根で皆を圧倒し、麻衣の前に堂々と腰を突き出すと、彼女の髪を摑んで命令した。

「ほら、舐めろ！　舐めて、もっともっとデカくしろ！　デカくしたら、このペニスで、お前の淫乱マンコをメチャメチャに犯してやるぞ！」

この淫《みだ》らな空気に酔っている麻衣は、喜々として、いきり勃つ男根を口に含んだ。蒸れたペニスの匂いが鼻をつくが、それもまた麻衣にとっては〝御馳走〟で、ますます性感を刺激される。

「ああん……ふううん……美味しい……うううんっ」

麻衣は細い身体をくねらせ、ペニスを咥えて舐め回す。タチバナは仁王立ちで麻衣の髪を摑み、腰を動かして、彼女の口にペニスを勢い良く出し挿れした。四つん這いの姿でフェラチオする興奮で、麻衣の身体はますます火照り、下半身は蕩けてゆく。秘肉から蜜が垂れ落ち、濡れそぼった女陰はライトに照らされて、さらに輝いて見える。

この妖しい光景に惹《ひ》きつけられ、客たちは全員金縛りに遭ったように身動きできない。和樹はすっかり興奮し、肉棒を硬直させていた。「扱いて、もっと扱いて」と耳元で言われ、美華はそっと指で揉んであげていた。和樹は高揚のあまり、美華のドレスの胸元に手を突っ込もうとしたが、それを彼女は許さなかった。美華は和樹の手をピシャリと叩き、払いのけた。

舞台の上ではアブノーマルなエロスの世界が繰り広げられている。誰もが性欲を爆発させてもおかしくない。女性代議士の笹子はサトルにもたれ、彼の股間に手を伸ばしてまさぐっている。笹子は好色を滲み出しながら、シルクの下着をベットリと濡らしていた。

タチバナは麻衣にたっぷりと舌奉仕させると、怒張するペニスを彼女の口から抜き取り、そのイチモツで彼女の頬を何度か叩いた。逞しくそそり勃つ男根に、女性たちの目が思わず潤む。クールを装っていた美華も、ペニスのあまりの逞しさに、思わず秘肉を疼かせた。タチバナは麻衣の髪を摑んで身体の向きを変え、彼女の後ろへと回った。

「さあ、たっぷり犯してやるよ！」

そう叫ぶと、タチバナは麻衣の尻を摑み、そそり勃つペニスを彼女の秘肉へと埋め込んでいった。麻衣の可憐な女陰に、黒光りする太い肉塊が突き刺さる。

「あああっ……！　あああ――――っ！」

秘肉が引き裂かれるような激痛に、麻衣が悲鳴を上げる。タチバナのペニスは逞しすぎて、蜜が迸る女陰でも簡単に受け止めることができない。タチバナは観客によく見えるような角度で、麻衣を犯してゆく。ライトの中に浮かび上がる結合部はあまりに猥褻《わいせつ》で、その異様なる迫力に観客たちは圧倒された。

大広間にいる人々は皆、男も女も、この〝本番ショー〟に劣情を思いきり刺激されていた。タチバナは麻衣の秘肉の奥までペニスを挿れると、尻をグッと摑んで、腰を動かし始める。

初めはゆっくりと突き、そして徐々に勢いを増してゆく。麻衣の喘ぎも、次第に歓喜の叫びに変わる。タチバナのペニスに掻き回され、秘肉が蕩けて〝甘い痛み〟が込み上げてきたのだ。

「あああっ……あああっっ……ううんんっ」

麻衣は唇に涎を浮かべ、肌を染めて悶えた。タチバナは下半身だけを露わに、上半身は軍服に包んだまま、麻衣を犯し続ける。

「嬉しいだろ、ぶっといチンチンを挿れてもらえて！　まったくお前は淫乱の雌犬だ！　チンチンを咥え込んで放しやしない！　ほらほら、鳴け！　いい声で鳴け！」

腰を勢い良く打ちつけながら、タチバナが叫ぶ。タチバナが腰を動かすたび、軍服に包まれた大きな乳房がブルブルと揺れる。美しきアンドロギュノスが放つ異様なるエロティシズムに、鯨井の男根は膨れ上がって爆発寸前だ。

（ああ……やっぱりタチバナは素敵だ。ショーの後で、どんなことをしようか）

鯨井はそんなことを考え、水割りを舐めながら、ズボンの上からペニスを擦る。顔を真っ赤にしている鯨井に、瑠璃子は薄笑みを浮かべ、ティッシュを渡してやった。

逞しいペニスが赫《あか》い秘肉をえぐる光景を目の当たりにして、和樹の興奮もピークに達していた。和樹は大学生にして女遊びも一通り終え、インターネットなどで無修正の猥褻画像も見慣れているが、薔薇娼館名物のこの〝秘密ショー〟には異次元の世界の刺激があり、それゆえに強く高揚するのだった。

和樹はショーを見ながら、美華の肩を抱き寄せ、彼女に頬擦りをする。美華は和樹のペニスを、ズボンの上からそっと撫でていた。彼女は疲れ気味なので、ショーの後に彼の相手をするのを避けたいのだ。若い和樹の旺盛な性欲を、美華はショーの間に抜いてしまおうと思っていた。このままそっと触れ続けているだけで、彼のペニスは自然と爆発してしまうだろう。それで一回射精させ、ショーが終わるまでにもう一度射精させよう。美華は薄笑みを浮かべ、そんなことを計算していた。

舞台の上では、タチバナにバックで思いきり突かれて、麻衣が潮を吹いてしまった。ペニスの先端がGスポットを直撃したのだろう。「あああっっ」という快楽の叫びを上げ、麻衣は華奢な身体をブルブルと震わせた。

「潮を吹きやがったな！　この雌犬！」

タチバナは怒声を上げ、いっそう烈しく麻衣の秘肉をえぐる。彼女の秘部から透明な液体が飛び散るのを見て、和樹は堪らずにペニスを爆発させてしまった。「ううう っ」という小さい呻きを聞き、美華は和樹のズボンのジッパーを下ろして、トランクスの中に指をしのばせた。そして粘つく白濁液を、おしぼりでそっと拭《ぬぐ》ってやった。和樹は美華を抱き寄せ、荒い息遣いのままじっとしていた。

タチバナはバックで犯して麻衣を何度もイカせると、彼女を抱きかかえて、立位の体勢で突き上げ始めた。麻衣を軽々と持ち上げ、剛健な腰を動かして突きまくる。

タチバナの雄々しい姿に、鯨井のペニスも限界だった。堪らず、ついにズボンの中に手をしのばせ、扱いて精液を噴き出させた。興奮の極みだったので、鯨井はたちまち達してしまった。バツが悪そうにティッシュで精液を拭う鯨井を、瑠璃子は妖しい笑みを浮かべ横目で見ていた。

タチバナに荒々しく犯されながら、麻衣は全身を蕩けさせて気も狂《ふ》れんばかりだ。多くの人前で犯される快楽に、彼女の下半身は痺れきっていた。自分の痴態を見ながら男たちがペニスを怒張させていると思うと、よけいに興奮するのだ。麻衣から発散される猥褻なフェロモンが客たちに伝染し、誰もがひどく欲情していた。

「ああ……堪らないわ……堪らない」

代議士の笹子が、サトルの股間をまさぐりながら悶える。卑猥なショーのおかげですっかり欲情し、女壺《つぼ》が疼くのだろう。サトルは笹子の腰に手を回し、耳元でそっと囁いた。

「それではマダム、僕たちはそろそろ別の部屋に行きましょうか？」

待ちかねた誘惑の言葉に、笹子は目を潤ませ、舌舐りする。烈しい欲情で下着に染みが広がり、気持ち悪いので早くサトルに脱がせてほしかった。笹子はサトルにもたれ掛かるように椅子《いす》から立ち上がり、二人は静かに広間を抜け出していった。そんなサトルの後ろ姿を、冴子が振り返ってそっと見た。

女代議士の痴態

「ああん、すっかり興奮しちゃった。サトル君、どうにかして」

　別室で二人きりになると、笹子は欲情に任せ、サトルにしがみついた。サトルはニヤリと笑い、女性代議士の熟れた身体を左手でまさぐり始める。ぎこちなく動く右手で笹子の頬を撫で、中年女性の母性本能に訴えるのが、いかにもヤリ手の男娼らしい。

　恍惚とした表情の笹子に熱く口づけし、舌を絡ませながら、サトルは徐々に彼女の服を脱がせてゆく。代議士らしいスーツを剝ぎ取り、黒いレースのスリップ姿にして、サトルは笹子をベッドに押し倒した。

「ああん……サトル……会いたかったわ。もう、メチャメチャにして……。貴男の大きなオチンチンで、私のオマンコを貫いて……早く。早く挿れて！　挿れて！」

女性代議士は「待っていられない」というように、艶めかしく身をくねらせる。テレビのニュースなどで時たま見る笹子とは別人のような淫らさに、サトルは苦笑する。高学歴で仕事をバリバリこなし、優秀な夫と子供に恵まれている女だって、一皮剝けば雌犬なのだ。そんな皮肉な思いが、サトルの胸を過《よぎ》る。すると、「普段は澄ました女代議士を思いきり焦らしてやりたい」という欲望が込み上げてきた。

「そんなに急いじゃダメですよ、笹子先生。卑猥な言葉を発して、下品じゃないですか。いくら僕のペニスに惚《ほ》れているからって、『挿れて、挿れて』なんて、盛りのついた雌みたいだ。……挿入の前には、前戯が必要でしょう？」

サトルは妖しく微笑みながら、笹子の乳房を揉みしだく。笹子は熟女の脂が乗って、肉づきの良いエロティックな身体をしている。女性ホルモンが詰まったように乳房も豊満で、プリプリと触り心地が良いのだ。

一見ごく普通の中年女性のように見える笹子だが、肉体はなかなかのもので、まさぐっているうちにサトルのペニスもいきり勃ってゆく。なによりも、好きモノの熟女から放たれる猥褻なフェロモンというのが、男の性感を刺激するのだ。身体を愛撫するだけで、笹子は大きく喘いで悶えた。

「ああぁっ……感じちゃう……ううぅんっ……そ……そこ……。嚙んで……乳首嚙んでよぉ

「……サトル……お願い……ふううっっ」

サトルが手をそっと笹子の下半身へと伸ばすと、小水を漏らしたかのようにパンティがぐっしょりと濡れている。好きモノ熟女に苦笑しつつ、彼は言った。

「まったくスケベだなあ、笹子先生は。『チンチン挿れて』の次は『乳首を噛んで』だもんな。上品なマドンナ議員の面影、完全に消えちゃってるよ。……淫乱な雌犬だな、ホントに」

サトルがそう言うと、笹子はいっそう身悶えた。

「そうよ……そうなの、私、淫乱なの！ ああ、サトル君、もっと言って！ 私に『淫乱の雌犬』って言って！ 『雌豚』でもいいわ……そう言いながら、私を犯して。貴男に『淫乱女』って言われながら犯されることを想像して、会えない時はいつもオナニーしてるの！ ああ、感じちゃう。早く……早く！」

笹子の身体は火が点いたように熱く火照っている。彼女の烈しい欲情がサトルにも伝染し、彼は股間を猛らせながら、笹子の乳首を責め始めた。

乳輪が大きくてドス黒く、乳首も長く黒くて、いかにも経産婦のそれだ。しかし生活感のある乳首は、なんだかやけに卑猥で、サトルは夢中でそれを舐めた。性感帯である乳首を舐め回され、笹子は大股を開き、唇に涎を浮かべて烈しく悶えた。

「あああっ……ううん……噛んで、噛んで！」

笹子はタガが外れたように乱れる。サトルは目を妖しく光らせ、上目遣いで彼女を見ながら、乳首を噛んで引っ張る。笹子の黒い乳首が猥褻なほど長く伸びた。

（まるで人が変わったように乱れる……。この女、よっぽど旦那に相手にされてないんだな。それとも旦那がよほど淡白なのか……。世の〝夫属〟も、少しは頑張れよ）

サトルはこの娼館で、欲求不満のマダムたちを一手に引き受けている。片手が少し不自由でも、彼には美貌と巧みな性技があり、かつ性格も陽気なので、女性客たちからは大人気だった。

サトルはどんな女が相手でも、必ず勃起した。どんなに不細工な女でも、どんなに体型が崩れている女でも、その女の良いところを見つけ出して、そこに神経を集中させてペニスをいきり勃たせるのだ。それはいわば一種の〝才能〟で、そんなサトルに惚れ込んでいる女たちは数多くいた。サトルが今まで相手にした女のうち、最高年齢は七十五歳だった。彼はどんなに年老いた女でも、その性技で必ず虜にし、何度もイカせることができた。さすが、カエルの子はカエルである。サトルは、この娼館を取り仕切る瑠璃子の、実の息子なのだ。

サトルは黒い乳首を舐めながら、笹子の秘部へと手を伸ばした。欲求不満気味の熟れた秘肉からは、コクのある蜜が溢れ出ている。

(熟女のくせに、こんな卑猥なTバックを穿《は》きやがって。陰毛の手入れもしてないんだろう、はみ出しているじゃないか。ちくしょう、忌々しくも劣情をそそられるぜ！)

心の中で呟きながら、サトルは笹子の黒いTバックを巧みに脱がせる。迸る愛液が陰毛にこびりつき、黒々と光っている。サトルは笹子の股を大きく開かせた。

「いやああっ……恥ずかしいっ！　ああああっ」

いきなり大股開きをさせられ、女代議士が両手で顔を覆って身悶える。熟女の使い込んだ性器が曝け出され、サトルは彼女の秘部をじっくりと鑑賞した。

「笹子先生のオマンコは、いつ見てもイヤらしいなあ。ドス黒くて、形が崩れてて……でも、すっごくイイよ。そそられる。子供を産んだ人のオマンコって、僕、大好きなんだ。生々しくて、匂いもキツくて……ああ感じる。臭いオマンコだ」

言葉責めをしながら興奮し、サトルのペニスもヒクヒクといっそう大きくなる。笹子もまた、羞恥《しゅうち》による興奮で女陰を烈しく疼かせた。

「臭いオマンコだなんて、恥ずかしいわ……。生理が終わったばかりだからよ、きっと」

サトルは笑みを浮かべ、笹子の女陰に指を入れ、ゆっくりと掻き回した。グチュグチュという卑猥な音が、二人の劣情をいっそう掻き立てる。

「笹子先生、すっごい濡れてるじゃん。大洪水って感じだよ。俺の指にねっとりと絡みついてくる。ホントにスケベだなあ、先生は」

「あああん……ダメ……ふううっっ」

笹子は黒い乳首を突起させ、身を激しく捩らせる。サトルの指の感触だけで、もう達してしまいそうだ。肉壺が奥まで疼き、指をキュウッと咥え込む。

(こういう地位のあるキャリアウーマンほど、乱れ出すと凄いんだよな。こんなに大股を開いちゃって)

そしてサトルは、笹子をふと愛しく思った。仕事の時は良き政治家、夫の前では良き妻、そして子供の前では良き母親であろう笹子がこんな痴態を見せるのは、きっと自分だけなのだ。そう考えると、笹子の心と身体の隙間《すきま》を精一杯埋めてあげたいような気がした。

サトルは笹子のクリトリスに触れながら、舌を陰部に這わせた。ドス黒い小陰唇の奥に、ザクロ色の女陰がパクリと口を開け、蜜を溢れさせていた。サトルは親指と人差し指でクリトリスを摘みながら、ザクロの如き女陰に唇を押し当て蜜を啜った。

「あああっ……ああ――っ！　いい、いいわ！　うううんっ」

笹子は黒いスリップの胸も露わに、大股を開いて激しく悶える。中性的な美貌を持つサトルに女陰を舐められるだけで、笹子は達してしまいそうだ。クリトリスを摘んで擦られるのも強い刺激で、彼女はエクスタシーとともに込み上げてくる尿意を、歯を食い縛って堪えた。

「ううん……美味しい……。笹子先生のオマンコ、とっても美味しいよ。濃厚な味がして、舌が痺れそうだ……。んんんっっ」

溢れ出る蜜をサトルにズズズッと音を立てて啜られ、笹子は羞恥で頰を染めた。

「いや……そんなに濡れてるなんて。は……恥ずかしいわ。ああっっ……でも感じちゃう……ふううううんんっ」

笹子の女陰を舐め回しながら、サトルは微笑んだ。

「ふふふ……笹子先生、可愛いな。僕の愛撫でこんなに濡れてくれるなんて、嬉しいです。ホント、可愛い。食べちゃいたいよ……もう」

サトルの言葉に、笹子は照れた。

「い……いやだわ、可愛いなんて。こんなオバさん、からかわないでよ」

「何を仰ってるんですか。からかってなんかいませんよ。本当に可愛いと思ったから、そう言ったんです。可愛いと思わなきゃ、こんなことできないよ。……ほら」

サトルは妖しく微笑み、笹子の女陰の中に舌を滑らせ、激しく動かした。鼻先をクリトリスに押し当て、擦ることも忘れない。強い刺激に、笹子は身を仰け反らせ、シーツを摑んで悶える。

「あああっ……ああ――――っ!!」

快楽を受け止めるだけで精一杯で、次第に頭の中が真っ白になってゆく。女陰の奥まで舌を入れられ、ねっとりと掻き回され、小水を漏らしてしまいそうだ。サトルの舌技はそれは絶品で、クンニされると、小さなウナギが女陰に滑り込んできて蠢いているような感覚になるのだ。手が少し不自由なので、自然と高度な舌技を身につけたのかもしれない。サトルに女陰を舐められるだけで潮を吹いてしまう女性も跡を絶たなかった。

彼の性技の虜になった女たちは、サトルのことを〝人間バイブ〟と呼んだ。バイブレーターの弁のように舌が動き、女たちに絶頂を連続して与えることができるからだ。サトルのその舌で女陰を舐め回され、笹子は白目を剝《む》いた。下半身はドロドロに蕩け、身体の力が抜けてゆく。

「ふううっっ……あああああっっ」

サトルは舌を、笹子のアナルへと伸ばす。小さなウナギのように蠢く舌は、女性代議士を官能の渦へと巻き込む。甘美なる快楽の前では、人は誰も痴人になってしまうのだろう。エクスタシーに身悶えする笹子は愚かな肉塊のようで、代議士の面影など微塵《みじん》もない。でも、そんな彼女がサトルは愛しかった。

「笹子ちゃん、お尻も美味しいよ。……ううん、美味しい」

サトルは笹子のアナルに舌を入れ、こね回す。饐《す》えたような味と匂いが初めは鼻につくが、慣れれば気にならなくなる。サトルは熟女のコクのあるアナルの味が大好きなので、舌を奥まで入れて動かし、堪能する。

指でクリトリスと女陰を弄り回され、舌でアナルを犯されて、笹子は身体を仰け反らせて達してしまった。クリトリスがピクピクと痙攣《けいれん》し、女陰が泡を吹く。押し寄せる快楽に、身体が震える。笹子は足に力を入れ、歯を食い縛った。

「ふふふ……。俺の指と舌だけでイッちゃうなんて、笹子ちゃん、本当に可愛いな」

達したばかりで笹子はくすぐったがったが、サトルは舐め回し続け、連続して何度もイカせた。サトルの容赦ない舌責めの洗礼を受けると、女たちは誰でも立て続けにイクことができるようになるのだ。

笹子はヴァギナでもアナルでも達し、下半身が痺れすぎて、頭まで溶けてしまいそうだ。息も絶え絶えになり、大股開きで女陰から蜜を垂れ流す笹子を見下ろし、サトルはニヤリと笑った。そして笹子の痴態を見ながら、勢いが弱くなったペニスを扱き始める。

「ほら、見てよ。笹子先生があんまり悩ましいから、オナニーしたくなっちゃった。笹子先生の淫らな姿をネタに、こうしてオチンチンを扱くと凄く気持ちいいよ……あああっ」

サトルのペニスはすぐに勢いを取り戻し、硬直してゆく。視姦《しかん》される羞恥と悦びで、欲望の膿《うみ》を吐き出したばかりの笹子の身体に、再び火が点き始める。美青年が自分の痴態に欲情している、自分もまだまだ捨てたもんじゃないという思いも、精神的な快楽となる。すると笹子の熟れた肉体は、ますます官能に巻き込まれてゆく。精神と肉体は、やはり結びついているのだ。

美青年の自慰姿にすっかり欲情し、笹子はサトルにしがみついた。笹子の心は、ひたすら「サトルとヤリたい」という気持ちでいっぱいだった。

笹子はサトルを押し倒し、いきり勃つペニスを口に含んで、欲望の赴くまま舐め回した。熟女のフェラで、美青年のペニスはますます膨れ上がる。笹子は舌を絡ませペニスを怒張させると、目を血走らせてサトルに跨った。

ひたすらペニスを欲しがる笹子は飢えた雌動物のようで、劣情を誘う。笹子は猛る股間へと、深々と腰を沈めていった。

「ああああっ……素敵！　ほしかったの……ほしかったのよ、サトル君の、この太いオチンチンが！　あああああ――っ！　美味しい……ぶっとくて……うううんんっ」

笹子は我を忘れ、痴女のようにペニスを咥え込んで腰を振る。サトルは薄笑みを浮かべ、下から腰を突き上げ、笹子の肉壺をえぐった。欲望のままに男のペニスを貪る淫乱な熟女など、彼にとっては可愛いものなのだ。

魅惑のアンドロギュノス

ショーの後、鯨井は軍服姿のタチバナを連れ、別室へと移った。二人が入ったのは、道具が一通り揃《そろ》っているSM部屋だ。部屋全体が赤と黒で統一され、おどろおどろしい雰囲気を醸している。鯨井は顰《しか》め面で咳払《せきばら》いしながらも、高揚で頬を染めている。

赤いライトが仄かに灯る薄暗い部屋で、二人は向かい合った。タチバナのほうが鯨井より二十センチほど背が高い。両性具有のタチバナは、百八十センチを越しているのだ。

「ほら、御挨拶は！」

タチバナが鞭を振り上げ、フローリングの床をピシッと打つ。その迫力に圧倒され、怯えながらも、鯨井は股間を疼かせる。マゾである鯨井は、タチバナの命令どおり跪き、床に頭を擦りつけるようにして挨拶した。

「タチバナ様、御調教、楽しみにして参りました。未熟者ですが、どうぞよろしくお願い致します」

素直な挨拶に、タチバナはニヤリと笑う。そして手にした鞭を鯨井の背中に振り下ろした。

「うううっっ」と呻き、鯨井が床へと崩れ落ちる。

「私の調教を楽しみにしてきたのなら、早く服をお脱ぎ！　脱ぐんだよ！」

タチバナは怒鳴り声を上げ、軍帽を取った。腰の下まである、ウェーブの掛かった長い金髪がハラリと落ちる。その姿はまるで軍服を纏ったヴィーナスの如きで、鯨井は思わず身震いした。彫りの深い見事な美貌、大きく突き出た胸、そして複雑な下半身……タチバナの魅力に取り憑《つ》かれた者は、従わずにいられないのだ。

鯨井は命ぜられるまま、服を脱ぎ、トランクス一枚になった。初老の男の、ところどころに染みのある貧弱な身体が現れる。タチバナは一瞥《いちべつ》し、嘲るように言った。

「ふん、みっともない姿だね。お前には、私のブーツでも舐めてもらおうか。……ほら、舐めなさい！　舐めるんだよ！」

タチバナは堂々たる肉体で威嚇《いかく》しながら、革のブーツに包んだ足を鯨井に押しつける。M性を刺激され、鯨井はタチバナの足にしがみつき、夢中でブーツを舐めた。黒革の独特な匂いと肌触りが、彼の性感を強く刺激し、下半身を滾らせる。ブーツに鼻を押しつけ、舌を這わせながら、鯨井のペニスは怒張した。そんな彼を見て、タチバナは鼻で笑った。

「ブーツを舐めて勃起するなんて、お前は本当に変態だね。お前みたいな男が日本の政治を動かしているなんて、世も末だよ。……ほら、もっと隅々までお舐め」

黒革のブーツを顔にグイグイと押しつけられ、鯨井は恍惚とする。「変態」という罵りの言葉が、彼をいっそう高揚させるのだ。鯨井は床に顔を擦り付けるようにして、細く高いヒールを何度も何度も舐め上げた。

そんな鯨井にタチバナは「変態」という侮蔑の言葉を投げつけ、そのたびに彼のペニスは感じてビクビクと蠢くのだった。ブーツを舐め回しながら鯨井がふと顔を上げると、タチバナが威風堂々と見下ろしている。すると彼は、メデューサに睨まれて石になるが如く、タチバナの魔術に掛かってがんじがらめにされたような気分になるのだ。タチバナの鋭い眼差しで見詰められ、鯨井のペニスは石のように硬直する。

タチバナは嘲笑を浮かべ、今度はブーツを履いた足で彼のペニスを踏みつけ始めた。

「あああっっ……タチバナ様……あぁっ……オチンチン感じちゃ……う……ううっ」

鯨井は喘ぎながら、激しく身悶える。男根をグリグリと押し潰され、えも言われぬ快楽が、身体の奥から込み上げる。尖ったヒールの先で男根を踏まれ、トランクスにカウパー液が滲んでゆく。

「変態！　お前は本当に変態だ！　お前みたいな男は、こうしてやる！」

タチバナはそう叫ぶと、鯨井の脇腹を思いきり蹴った。彼は「あっ」と小さな悲鳴を上げ、床に転がる。タチバナは妖しい笑みを浮かべ、鯨井のトランクスを毟《むし》り取った。

「うははは！　なんだ、その白髪混じりの下半身は！　お前は有名な政治家というのに、なんでそんなに情けない身体をしているんだ！　私のほうが、よほど立派な肉体をしている！　そうだろ？」

鯨井の背中にヒールを食い込ませ、タチバナが高らかに笑う。鯨井は床に突っ伏し、身を震わせた。背中に突き刺さるヒールが痛くも気持ち良くて、快楽がじんわりと全身に広がってゆく。彼は蚊の鳴くような声で答えた。

「はい……タチバナ様と私など、比べものになりません。私など、私など……染みだらけのヨボヨボの、醜い老人でございます。……うううっっ」

タチバナは満足げに笑い、ヒールをいっそう鯨井の背中に食い込ませる。彼の背中に血が滲んでくるのを見て、タチバナの目が光り輝いた。この美しいアンドロギュノスの、加虐の欲望が燃え上がる。

タチバナは一本鞭を振り上げ、鯨井を叩きのめした。長い鞭が宙をヒュウウンと切り、政治家の老いた肉体に絡みつく。

「うわあああっ……ぎゃあああっ!!」

鯨井の絶叫が、SM部屋にこだまする。タチバナは目を血走らせて鞭打ちながら、下半身を滾らせる。S性が爆発し、相手を痛めつけることがエクスタシーとなり、ペニスがそそり勃ち、ヴァギナが濡れる。性器が二つあるので、快楽を感じる度合いも、普通の人間の二倍近くになるのだ。タチバナは鯨井を厳しく責め立てながら、それだけで達してしまいそうだった。

「ふふふ……相変わらずいい声で鳴くな。前にも言ったけれど、私は政治家が嫌いなんだよ。お前らがいくら『国民の皆様のために良い政治を』って馬鹿の一つ覚えみたいに唱えたって、この国はひとつも良くなってなんかいないじゃないか。未だに飢え死にする人間だっているだろ。マジメに生きてる人間が馬鹿を見る。そんな国にしたのは、お前らなんだ。だから……ブチのめしたくなるんだよ、お前らみたいな人間のことを」

タチバナはそう言うと、鯨井を夢中で鞭打った。彼の死にもの狂いの悲鳴が、タチバナの加虐性をいっそう燃え立たせる。

タチバナはその希有《けう》な身体のため、小さい頃から苦労することも多かった。私生児で生まれて貧乏のどん底で、売春がバレて生活保護を受けられなくなった母親が、タチバナを闇の世界に売ったのだ。タチバナが十歳の時だ。タチバナは母親を呪った。金のために自分を〝見せ物〟にした彼女を、恨み続けた。良識ある親なら、子供に手術を受けさせペニスを切り取ってしまうだろうに。親が自分に絶対に手術を受けさせなかったのは、初めから「金に困ったら、見せ物として売ろう」と計算していたからだ。そう思うと、地獄のような苦しみに苛《さいな》まれた。

タチバナは闇の世界で、十歳の頃から毎夜、色々な男女に性器を玩具《おもちゃ》にされ続けた。勤めが終わると、タチバナは独りぼっちのベッドの上で、夜ごと母親を憎悪した。憎悪して憎悪して、タチバナは子供なのに大人のような顔になってしまった。

日々を憎悪の中で暮らすうち、ある日、タチバナの中で何かが花開いた。それは、悪の華だった。屋根裏の小さな窓に、月の光が皓々と差していた。タチバナは全裸で、鏡の前に立った。そして、ニッコリと微笑んだのだ。

私のこの不思議な身体は金になる。それは事実だ。もしかしたら、この肉体は、神様、否、悪魔からのプレゼントなのかもしれない。なら、この身体をフルに活用し、一財産を築いてやろうじゃないか。夜ごと私を買ってる人たちは、大金持ちのＶＩＰっていうやつらだという。のぼり詰めてやろう。そう、貧乏ったらしくて惨めな、私の母親みたいにならないように。そして、見返してやるんだ、あの女を。

タチバナは鏡に映る自分を見詰め、そんなことを思った。すると、何もかもが吹っ切れた。小さな頃、虐《いじ》められて石を投げつけられたこともある身体は、月に照らされ、堂々と光り輝いている。胸は突き出し始め、尻も大きくなり、ウエストは形良くくびれている。

身体に磨きを掛けよう。そうすれば、大金を稼げるだろう。そして贅沢三昧《ざんまい》の生活をするんだ。……それが、私が生きてゆく、残された道なんだ。

タチバナは右手で乳房を摑み、左手で順調に成長しているペニスをしっかりと握り、決意した。タチバナが十三歳の時だった。

幼い頃から闇の世界を彷徨《ほうこう》したタチバナが、薔薇娼館に辿り着いたのが五年前。鯨井始め多くの客に愛され、今ではすっかり娼館の稼ぎ頭である。貢ぎ物も多く、十三歳の時の決意のとおり「贅沢三昧」の生活だ。年齢は公表してないが、タチバナ自身もおそらく、自分の年齢がはっきり分かっていないだろう。タチバナはこの闇の世界での生活が、十年ぐらいのような気もすれば、二十年以上経っているような気もするのだった。


「ほら！　今度はお前が涎を垂らして悦ぶ、アナル責めをしてやるよ！　グロッキーするのは早いよ、まだまだこれからだ！　さあ、立つんだよ！」

鞭で打ちのめされ虫の息の鯨井に蹴りを入れ、タチバナが高らかに笑う。しかし「立て」と命じられても、鯨井は衰弱してしまっていて立ち上がることができない。タチバナは「チッ」と舌打ちして鯨井を軽々と抱きかかえ、手術台の上に仰向けに乗せ、手足を括《くく》り付けてしまった。そして怯えきった鯨井の顔を覗《のぞ》き込み、狂気の笑みを浮かべた。タチバナのこの加虐性は、幼児期に親を憎悪したことに起因しているのかもしれない。

「あああっ……タ……タチバナ様……怖い……怖いです……あああっっ」

衰弱し怯えながらも、鯨井のペニスは激しくそそり勃っている。タチバナは侮蔑の視線をペニスに投げ掛け、ムギュッと握り潰した。

「うおおおおっ……痛い……うぐうううっっ」

鯨井は手術台の上で身を捩らせ、白目を剝く。しかし、強く握られた彼のペニスの先端からは、カウパー液が垂れ続ける。Mの鯨井は、痛みが快楽へとすぐに繫《つな》がるのだ。タチバナもそれを重々分かっていて、仕事と思って責めているのだが、S性が強いので時おり仕事と本気と区別がつかなくなることもあった。

タチバナはペニスを握り締めて強く扱き、鯨井が達しそうになるとフッと手を放す。〝ペニス責め〟を繰り返され、イキたくてもイケぬ蛇の生殺しのようなもどかしさに、鯨井は身を震わせ、のたうった。

「ううう……うぐうううっっ」

寸止めされて精液を噴き出せず、ビクビクと蠢くペニスが可笑《おか》しくて、タチバナは喜々としてペニス責めを続ける。もどかしいエクスタシーに、鯨井は気も狂れてしまわんばかりだ。精液は迸りはしないが、漏れてはいた。

鯨井が射精しないよう、タチバナは細紐でペニスの根元をきつく縛った。そして鯨井の足を大きく開かせ、アナルに唾を吐きかけると、指を突っ込んでこねくり回した。

「ああっ……あっ、あっ……あああああっっ。か……感じてしまいます……うううっっ」

鯨井のよがり声を聞きながら、タチバナは意地悪そうに微笑む。

「お前はアナルが感じる雄豚だからね！　ふん、アナルをちょっと弄られただけで、チンチンまでもっと大きくして！　ザーメンを噴き出すんじゃないよ！　射精したら、乗馬鞭で二百回鞭打ちの刑だ！……ほら、こんなにアナルの中を熱くして。私の指に、お前の興奮が伝わってくるよ。アナルが発熱してるみたいだ。ふふふ……」

タチバナは目を光らせ、鯨井のアナルを弄り回す。彼のアナルは開発済みなので、指一本ぐらいでは痛みなどなく、物足りないぐらいだ。くすぐったい快楽に、鯨井は身悶えた。

「おおおっ……おおお――っ！　ふううっ」

前立腺を刺激され、鯨井が歓喜の声を上げる。ペニスはさらに硬直し、ビクンビクンと蠢いた。

「そんなに気持ちがいいのか！　お前は本当に淫乱な雄豚だ！　ほら、じゃあ、これを挿れてやるよ！」

タチバナはピンクローターを手に持ち、ニヤリと笑った。このSM部屋は、道具は何でも揃っているのだ。

タチバナは慣れた手つきで、ローションを鯨井のアナルに塗《まぶ》した。このローションは薔薇娼館秘伝のもので、媚薬効果もある。薔薇とジャスミンが溶け合ったような香りに催淫を促され、鯨井はあっと言う間に、より深い快楽へと堕ちてゆく。タチバナは目を爛々《らんらん》と光らせ、ローションを彼のペニスにまで塗す。鯨井の下半身は、いっそう熱を帯び滾ってゆく。アナルの中がジンジンと痺れ、肉が蕩けてしまいそうだ。ペニスはますます膨れ上がり、脈が浮き立ち、破裂しそうだ。

ローションはママの瑠璃子が作っているのだが、ギリシャの薬草に不思議な効果があるのかもしれない。古くからの客であるギリシャの富豪にもらっているのだ。このローションを塗ると、誰もが麻薬を用いたようにハイになって感度も何倍にもなる。鯨井は口から涎を垂らし、桃源郷を彷徨っていた。

「そんなに感じるかい？　じゃあ、もっともっと感じさせてやるよ。ほら」

タチバナは鯨井の双臀《そうでん》を分け、アナルにピンクローターを埋め込んだ。そしてスイッチを入れ、震度を最強にした。

「ぐわああああっっ！　うううううっ……があああっっ！」

鯨井の歓喜の悲鳴が、SM部屋に響き渡る。アナルの中でローターが蠢き、尻の肉が揺さぶられ、ますます熱を帯びる。しかし秘伝ローションを塗っているので、アナルの中を「思いきり激しくくすぐられる」といった感覚なのだ。

アナルの快楽が下半身を駆け巡り、ペニスへと伝わってさらにまた怒張した。強すぎるエクスタシーに鯨井は意識朦朧《もうろう》とし、口元に涎を浮かべる。タチバナは震度を強くしたり弱くしたりして、鯨井のアナルを弄《もてあそ》んだ。強くするとペニスが屹立し、弱めると勢いが少しなくなるのが、やけに可笑しい。それを繰り返され、鯨井はついに達しそうになった。

精液がペニスに込み上げてくる。……すると、タチバナは意地悪くも振動を止め、アナルからローターを引き抜いてしまった。

「くううっっ……ぐううううっ」

またも寸止めされ、鯨井は激しく身悶える。蠢くペニスを見ながら、タチバナは目を輝かせて笑い、舌舐りをする。赤いライトが、アンドロギュノスの立派な体軀を照らし出す。

タチバナは手を腰に掛け、ゆっくりとベルトを外し始めた。手術台に縛り付けられたまま、鯨井が潤んだ瞳でタチバナを見詰める。

「あああっ！　凄い！　タチバナ様、凄い！」

露わになったタチバナの下半身を見て、鯨井が歓喜の声を上げる。タチバナのペニスは、双頭バイブのように黒く逞しく、威風堂々とそそり勃っていた。タチバナは薄笑みを浮かべ、そそり勃つペニスに秘伝ローションを垂らす。自分の手でペニスにローションを塗り込むと、ヌチャヌチャという卑猥な音が響いた。

秘伝ローションが擦り込まれたタチバナのペニスはいっそう膨れ上がり、馬並みに猛った。そんなペニスを、鯨井は生唾を呑んで見詰める。目を血走らせ、ペニスを輝かせ、タチバナは叫んだ。

「おおっ！　さすがはこの娼館秘伝のローションだ！　全身の血が沸き立ってくる！　ほら、ごらん！　私の自慢のペニスが、脈を打って怒張してる！　ほしいだろ？　お前、私のこの肉棒がほしいだろ！」

剃毛を施したタチバナの股間に、まさにペニスがそびえ勃っている。鯨井は目を潤ませ、「はい、はい」というように何度も頷く。狂気じみた官能の渦の中、もう言葉すら出てこない。タチバナは悪魔じみた笑みを浮かべ、鯨井の足を肩に掲げ上げると、彼のアナルに極太のペニスを突き刺した。

「うわあああああっ!!　うおおお――――っ！」

巨大なペニスが、アナルにめりめりと埋め込まれてゆく。正気ならば痛みに失神するであろうが、秘伝ローションが塗り込まれているので痛みを超越した快楽が襲ってくる。

その快楽たるや竜巻のようで、鯨井は感電したように全身が痺れ、精液を噴き出してしまった。噴水のような勢いでザーメンが飛び散り、タチバナの軍服を汚した。

「何をするんだ！　お前のばっちい精液で私を汚すなんて！　せっかくチンチンの根元を縛

ったのに、それでも我慢できずに射精するなんて！　ええい、汚らわしい！　忌々しい！　汚らわしい！」

タチバナは鬼のような形相で激怒し、鯨井の尻を抱え、荒々しくアナルを犯し始めた。怒りでさらに猛り狂ったペニスを、激しい勢いで出し挿れし、アナルをメチャメチャにえぐる。

「うおおおっ……ぐわああっ……ううう――っ！」

いくら乱暴に犯されても、鯨井はもはや痛みなど感じず、ただ狂おしいほどの快楽に襲われるだけだ。鯨井は白目を剝き、涎を流し、アナルを犯されながら再びペニスを硬直させ始めた。アナルの快楽が全身に及び、ペニスにも伝わって勃起してくるのだ。

「お前は本当に淫乱の豚だね！　イッたばかりなのに、すぐにチンチンをまた大きくして！　ほらほらほらほら！　もっとデカくしろ！　私の自慢のペニスで犯され、何度でもいけ！　底なしの快楽へ堕ちてゆけ！」

そう叫びながら、タチバナは腰を激しく動かし、アナルを掻き回す。めくるめく、まさに地獄の快楽の中、鯨井は射精せずとも、精神的には数え切れないほど達していた。

目には火花が飛び散り、サイケな色彩が氾濫《はんらん》し、上品な音楽にも似たノイズが聞こえる。

そして時折ふと我に返ると、自分のアナルを犯しまくる美貌のアンドロギュノスが目に入る。

タチバナは神々しくも、悪魔のようにも見える。男でも女でもあるタチバナは、あらゆる両極端な性質というものを持っているのだろうか。丈高く、立派な肉体だが、指などは折れてしまいそうなほどに細い。

鯨井は思う。タチバナは自分にとって麻薬なのだ、と。害があると分かっていても一度虜になるとやめられない、極上の麻薬。そしてその麻薬に心身を蝕《むしば》まれ、鯨井は目も眩《くら》むような快楽に堕ちて溺れて、もう抜け出せない。

「うおおおっ！　ふうううっ！」

タチバナの肉棒でアナルを荒々しく掻き回され、鯨井のペニスも熱を帯び滾ってゆく。再びいきり勃ったペニスを見て、タチバナは舌舐りした。秘伝ローションがタチバナにも効いていて、全身がカッカと熱い。

タチバナは目を黄金色に輝かせ、笑みを浮かべたまま、軍服の胸元を自らはだけた。巨大な乳房が現れる。それを目にし、鯨井の男根は怒張した。

上半身には丸々とした大きな乳房、そして下半身には逞しいペニス。美しくも奇怪な、聖なる怪物に犯される悦びに、鯨井はもう骨の髄まで蕩けそうだ。グロテスクと紙一重の美というものは、時として人を禁断の快楽に陥れる。

「ああああっっ！　感じてきた……私も感じてきた！　ああ、乳首が疼く！　おおおっっ！」

タチバナは雄叫びを上げ、巨大な乳房を自ら揉みしだく。その姿は圧巻で、鯨井は金縛りに遭ったように、タチバナを見詰めたまま身が竦《すく》んでしまう。タチバナの興奮が伝わり、鯨井のペニスも張り裂けそうなほどに膨れ上がる。

タチバナは目をカッと見開き、鯨井のアナルからペニスを抜き取ると、今度は彼に跨り騎乗位で犯し始めた。アンドロギュノスのヴァギナが、鯨井の男根を咥え込む。

「うおおおおっ！　タチバナ様……あああっ！　す……すごい！　ぐあああ——っ！」

タチバナは鯨井に跨り、夢中で腰を動かし、彼を犯しつける。媚薬にも似たローションの影響だろう、タチバナもかなり興奮している。タチバナが勢い良く腰を振るたび、前に突き出したペニスがブラブラと揺れる。それは不思議でありながら、あまりに卑猥な光景で、鯨井は気も狂れんばかりに高ぶった。

タチバナの膣《ちつ》の威力は凄まじく、騎乗位でペニスを握り潰すほどの勢いで締めつける。まるで膣の中に手がついていて、その手で扱かれるようだ。強すぎるエクスタシーに、鯨井は呻き声を上げ、七転八倒した。

初めはペニスでアナルを犯され、今度はヴァギナで男根を犯される。M性が強い鯨井は「犯される」という感覚だけで、どうしようもないほど高ぶってしまうのだ。感極まって精液が噴出しそうになった時、タチバナは鯨井の腕を掴んで引き起こし、首根っこを押さえて自らの下半身へと顔を押しつけた。身体の硬い鯨井は、無理のある体勢にもがく。

「ほら、私のペニスをお舐め！　私のヴァギナでチンチンを犯してもらいながら、私のペニスにフェラチオするんだよ！　こんな幸せなことはないだろう？　ふふふ……。ほら、お舐めったら、お舐め！」

鯨井はもがきながらも、命ぜられたとおり、タチバナのペニスを舐める。身を思いきり屈《かが》めなければならないので背中が痛いが、慣れてくると、快楽が優先して不自由な体勢など気にならなくなる。鯨井は、この奇妙な遊戯に陶酔し、夢中でタチバナのペニスをしゃぶった。

「ああっ……美味しいです……ううううっ……たまりません……あああああっっ」

フェラチオしながら興奮し、鯨井は喘ぎ声を出す。タチバナも高ぶり、思いきり腰を振り動かした。巨大な乳房が揺れ、ヴァギナは鯨井の男根をきつく締めつける。

「ほら！　私はペニスも極上だが、ヴァギナも極上だろう！　お宝両方で犯してもらえて、お前は本当に幸せ者だ！　有難いと思うんだよ！　ほら！　ほら！」

片膝を立て、タチバナが腰を大きくグラインドさせる。彼は犯されつつ、イラマチオさせられているようなものだ。この倒錯した快楽たるや凄まじく、鯨井は瞬く間にタチバナの膣の中でザーメンを噴き出した。

「うううっっ……ぐううううっ……」

頭の芯まで痺れるほどの官能が、鯨井の身体を駆け巡る。ドロドロした精液を膣にたっぷり受けながら、タチバナも達した。初めヴァギナで達し、その快楽の悦びが伝わり、ペニスも爆発した。

「ふううっ……ううん……ううっっ」

タチバナは鯨井の頭を押さえつけ、彼の口の中に精を迸らせた。大柄な身体を震わせ、最後の一滴までザーメンを搾《しぼ》り出すと、タチバナは彼の口からペニスを引き抜いた。鯨井は口に溜まった精液をゴクリと飲み込むと、目を虚ろに暫《しば》し呆然とした。この刺激の強すぎる遊戯に、一種の虚脱状態になったのだろう。そして快楽の甘い余韻に浸りながら、鯨井は頬を紅潮させ、恍惚とした表情で言った。

「タチバナ様、本当にありがとうございました。御精子、まことに美味しゅうございました。こんな爺《じじい》ですが、また飲ませてくださいませ。素晴らしいひとときを、本当に本当に、ありがとうございました。……タチバナ様がいなければ、私の人生など、つまらぬものになってしまうでしょう」

美華の身の上

一日の仕事を終え、広間のソファでくつろいでいる美華に、執事の緒形がハーブティーを出した。

「今日もお疲れさまでした。美華様がお好きなカモミールティーです。もうすぐ瑠璃子様がいらっしゃいますので、お飲みになってお待ちください」

「どうもありがとう。緒形さんもゆっくりお休みになってね」

美華はそう言って微笑んだ。緒形は口数少なく、丁寧に頭を下げ、広間を出てゆく。黒いスーツを着こなした彼の背中に、美華は「お疲れさま」と声を掛けた。自分の父親ほどの年齢の緒形に身の回りの世話をしてもらうのが、美華は実は少々心苦しいのだ。薔薇娼婦と呼ばれる彼女だが、妙に人を気遣ってしまうところがあった。

「おやすみなさいませ」

ドアを閉める前、緒形は立ち止まって深々と頭を下げ、部屋を後にした。

優雅な広間の中で、美華はカモミールティーを啜りながら瑠璃子を待った。広い部屋のあちこちに花が飾られ、ショパンのエチュードが静かに流れている。美華はスリップドレスの上に、ゆったりとしたシルクのガウンを羽織っていた。足を組み直しながらぼんやりしていると、瑠璃子がやってきた。右手にワインのボトルを、左手にワイングラスを二つ持っている。

「美華、お疲れさま。……ほら、貴女も少しやりなさいよ。ハーブティーなんて色気のないもん飲んでないでさ。ワイン持ってきたから！」

そう言って瑠璃子は舌を出し、悪戯娘のように笑う。五十歳近い瑠璃子のチャーミングさに、美華もつられて微笑んでしまう。貫禄充分でありながら、どこかあどけなさを持つ瑠璃子に、美華は同じ女として憧憬《しょうけい》を抱いていた。

「そうね、少しいただきます。……ママに注いでもらうなんて光栄だわ」

美華が手にしたグラスに、瑠璃子がワインを注ぐ。血のように鮮やかな色と、熟成された芳香に、美華は溜息をついた。お返しに美華が瑠璃子にワインを注ぎ、二人は乾杯した。

ブルゴーニュの名門、シャトーラトゥールの口当たり良くも濃厚な味わいに、美華はうっとりと目を細めた。メイドがカラスミを持ってきて、秋の静かな夜、二人はゆったりと酒を楽しんだ。稼ぎ頭である美華に、瑠璃子はそれなりに気を遣っていた。

「貴女がここにきてから、もう三年になるのね。早いよねえ」

グラスをかたむけ、瑠璃子がポツリと言う。美華は穏やかに微笑んだ。

「本当に早いわ。ここにきて、初めの頃は何がなんだかワケが分からなくて、仕事を覚えることに夢中だった。いろんなことがあって……気づいたら三年経《た》って、私も三十路《みそじ》になってしまったわ」

溜息をつく美華のグラスに、瑠璃子はワインをまた注ぎ込んだ。

「美華、本当にお疲れさま。よく頑張ってくれたわね。……正直、不安だったのよ、貴女のこと。初めの頃は、お客取った後、美華、よく泣いていたじゃない。私が叩き込むマニュアルどおりに客の前では笑顔を見せていても、陰でいつも泣いてたでしょ、貴女。だから、長く持たないんじゃないかと思ってたの。でも、貴女は芯が強かったわ。そして頭も良かった。私が教えた以上のことを本能的に学び、多くの客の心を摑んで、あれよあれよという間に超売れっ子になっちゃった。普通トップに立つと妬《ねた》まれて足を引っ張られたりもするけれど、美華は普段の心がけが良いせいか、女の子たちからイヤがらせもなかったしね。皆に『美華さんがナンバーワンなら仕方ない』って納得させちゃうんだもの、凄いわよ、やっぱり。貴女がきてからこの館もいちだんと活気づいたし、感謝してるのよ、本当に。美華、ありがとね」

　瑠璃子の言葉に美華は苦笑する。照れ屋なので、褒められるのが苦手なのだ。

「いえいえ、こちらこそ感謝しています。ここで働かせてもらったおかげで、両親の借金を返すことができたのですもの。父親の手術代と入院費も払うことができたし、今後の生活費も、いくらか纏めて渡すこともできたわ……。ママのおかげよ。本当に、ありがとうございます」

　美華はそう言って、瑠璃子に頭を下げた。三年経っても変わらずに堅苦しいところがある美華に、瑠璃子は愛しさを感じ、肩を優しく抱いた。

「美華、ホントは辛かったでしょう？　よく頑張ったね。貴女、偉いよ。御両親の一億近い借金を三年足らずで返したんだもの。……うちみたいなところにはさ、いろんな娘がやってくるじゃない。私がスカウトした娘もいれば、興味本位で自ら飛び込んでくる娘だっている。でも結局は、行き場のない女が残るんだよね。そういう女たちは、とにかく懸命に働いてくれるから。その熱意と誠意がお客さんに伝わって、自然と人気が出て、稼ぎ頭になる」

瑠璃子に肩を抱かれ、美華はそっと彼女にもたれながら言った。

「初めの頃、ママ、口が酸っぱくなるほど言ってたものね。『容姿とか若さとか、テクニックとか、そんなものも大切なのかもしれないけれどね、結局は〝心〟なの！　うちみたいなところにくるお客様はね、ただヤルことだけが目的じゃないの。高級と思える女たちに、身体だけでなく心まで癒してほしいの！　だからお客様に高級と思わせなくちゃならないのよ、我々は。じゃあ、どういうのが〝高級〟なのってことじゃない？　それは仕草とか話し方とか雰囲気とか、内面から滲み出るものなのよ。顔や身体に化粧品塗りたくって、整形して、胸に異物を入れて大きくして、それで素っ裸になって「私、巨乳なの〜。すごいでしょう〜」ってやったって、そんなの色気でもなんでもない！　着物をきちんと着て、肌なんか見せてなくたって、色っぽい女は色っぽいんだから！　本当に色気のある女はね、媚《こび》を売らなくたって、匂い立つような色気が内面から滲み出ているものなのよ。この薔薇娼館では、そういう女を目指してもらいたいの。お客様にイッパツやられて「ハイ、さよなら」で終わりになっちゃう女じゃなくて、「また会いたいな。限られた時間でも、また一緒の時を過ごしたいな」と思わせる女になってほしいのよ。だから内面を磨きなさい！』って……」

自分がいつもうるさく言っていることを美華の口から聞いて、瑠璃子は苦笑した。やけに説教臭く聞こえたからだ。

「まあ、それが私の信条でもあるからね。この〝薔薇娼館〟をやってゆくうえでの。でも、そんな話をいつもいつも聞かされている貴女たちは堪らないかもね！　心の中では、口うるさい婆さんって思ってるんだろうな、私のこと」

瑠璃子のグラスにワインを注ぎ、美華は微笑んだ。

「そんなことありませんって！……でも正直、初めの頃は『もっともなことを仰ってるなあ』って思ってました。『結局は、外見より心』なんて、いかにもな話で、半信半疑だったわ。特にこんな〝高級娼館〟などと呼ばれるところの女が、外見よりも内面を重視されるなんて、簡単には信じられなかったもの」

「ふふふ……でも、今となっては分かったでしょう？　私があれほど口うるさく言ったことの意味が」

二人は顔を寄せ、見つめ合う。五十歳近いとは思えない瑠璃子の美しさが内面から湧《わ》き上がってくるものであることは、誰も分かっていた。

「ええ、よく分かりました。ママの仰るとおりだったわ。外見よりも内面……。それは私なんかがナンバーワンになれたことからも実証済みだわ。……まあ、私が中身があるかどうかは別問題として、外見に比重が掛けられていないことは確かね」

独り納得したように話す美華が、瑠璃子はやけに可笑しく愛おしい。美華は色白で、ウットリさせる美貌を持っているにも拘わらず、自分でそれに気づいていないようなところがあった。両親が厳しく、小さい頃から「可愛い、可愛い」などと甘やかされて育てられなかったからだろう。

美華は自分にあまり自信がなく、客たちから「美しい」と言われても、今ひとつピンとこないのだ。それどころか、あまり褒められると「この人たちは、化粧をしっかりして、髪を結い、ドレスや着物で着飾った私の上辺だけをただ『美しい』と賛辞しているのかしら」と、逆に哀しい気分になってしまう。

美しいという概念は人によって違う。趣味は人それぞれであり、つまりは誰にとっても「美人」とか「美男子」などというのはあり得ないのだ。美華はそのことに、いつ頃からか気づいてしまっていた。だから人から「美しい」とか「綺麗」などと言われても、「ああ、この人にとっては私は不快な印象は与えていないのだな」と思う程度で、その褒め言葉を鵜《う》呑《の》みにするようなことはなかった。そして逆説的ではあるが、そんな少し冷めている美華が、客たちには却《かえ》ってより魅力的に映ったのである。

自分に過度の自信を持つことができない美華は、どこか儚《はかな》げで寂しそうで、それゆえに思いやりがあり優しくて、多くの男たちは彼女のそのようなところに惹かれた。

美華がどこか寂しそうなのは、この世界に自ら望んで入ったわけではなく、親の借金を返済するために仕方なく足を踏み入れたからであろう。美華の家は祖父母の代から東京でフランス料理の店をしており、全国に姉妹店を三店舗持ち、幅広く経営していた。美華が少女の頃は家もまだ裕福で、彼女はレストランを継ぐべく料理学校を出て、さらにフランスにまで留学させてもらった。そこで本場のフランス料理をさらに勉強し、ソムリエの資格まで取って、日本へと戻った。美華が二十四歳の時だ。本場での猛特訓のおかげでフランス語もイタリア語も流暢《りゅうちょう》になり、美華はレストランの看板娘として、またソムリエとして活躍した。

しかし、経営は徐々に悪化していった。フランス料理自体が以前ほど流行らなくなり、青山の本店を拠点に、全店舗が崩れ落ちるのに時間はそう掛からなかった。見栄っ張りの両親は、景気の良かった頃の生活のレベルを決して落とそうとしない。店のレベルも落とさず、あくまで〝高級フランス料理店〟を貫き、大衆化しようとしない。儲《もう》けがないのに、金遣いが荒ければ、破綻《はたん》して当然である。こうして、美華が二十七歳の時、家業のレストランは完全にダメになった。残ったのは、一億近くの借金だった。

店の破綻とともに、美華の父親が倒れ、闘病生活に入った。莫大な借金の返済、そして親の入院費。美華は悩みに悩み抜いた末、この道へと入ったのだ。しかし、初めから娼婦になることを選んだわけではない。店の倒産後、とにかく金を稼ぎたくて、美華は銀座の高級クラブで働くことにした。といっても、ホステスではなく、フロア係として。美華は髪を引っ詰め、黒服に身を包み、皿を持ってホールを往き来した。スタッフや客に「ホステスのほうが儲かるのに」と何度も言われたが、その時の美華は頑なに拒否し、ひたすら黙々と働いた。しかし、やはり皆が言うように労働の割りには儲けは少なく、月の給料も親子の生活費でほとんどが消え、借金返済もままならない。こんな調子では借金などいつまで経っても返せないのではと、次第に気が遠くなっていった。

日に日に顔が青ざめてゆく美華に声を掛けたのが、瑠璃子だった。瑠璃子は、美華が働いていたクラブに、よく遊びにきていたのだ。

「私、この近くで通販化粧品の会社を経営してるの。よかったら、昼間、そこで働いてみない？　貴女、真面目そうだし、働き者だし、是非、協力してほしいわ。ここのお給料以上は必ず出すから。どう、この話？」

酒を運んできた美華に、瑠璃子は名刺を出して、そっと声を掛けた。思いもかけぬ展開に、美華は驚き、そして喜んだ。瑠璃子に渡された名刺に書かれていた化粧品会社は美華も知っていたし、ここより高額で昼間の仕事に就けるなら、願ったりだ。

美華は次の日、早速、瑠璃子の会社を訪れた。だだっ広い社長室で瑠璃子はシャネルのスーツに身を包み、愛犬のプードルを抱いて、大きな椅子に座っていた。そして瑠璃子は美華を見てクスリと微笑み、話を切り出した。

「貴女のこと、クラブのスタッフたちから聞いて、よく知ってるわ。……はっきり言うわね、貴女のお家の借金、ちょっとやそっとじゃ返せないわよ。それ、貴女自身、よく分かってるでしょう？」

瑠璃子の瞳は深緑色で、見ているうちに吸い込まれそうになり、美華は思わず目を逸《そ》らした。瑠璃子は微笑みを絶やさず、続けた。

「億単位って言ったら、まともな仕事では返しきれないわ。返せても、何年も掛かってしまうでしょう。……ねえ、それで相談なのよ。貴女、私の副業を手伝ってくれない？　化粧品会社のOLなどより、ずっと儲かるわ。それは絶対に保証する。私、貴女を一目見て分かったのよ。貴女は必ず稼げる、って」

やけに艶めかしく光る瑠璃子のデコルテに目をやりながら、美華は唾を呑んだ。背筋にゾクッとしたものが走り、冷たい汗がひと筋流れ落ちた。

「……で、どんなお仕事なのでしょう？」

乾いた喉から声を絞り出す美華に、瑠璃子は唇を舐めて言った。瑠璃子の膝の上には、プードルがおとなしく座っている。

「娼婦よ。高級娼婦。殿方のお相手をして、お金を稼ぐの。どう、やってみない？　貴女なら、必ず売れっ子になるわよ。この道何十年の私が断言する。頑張れば、借金も数年で返せるわ。稼げるわよ。……だって、このビルだって、私がその仕事で建てたようなものだもの。まあ、裏の世界の仕事だから、おおっぴらにはできないけれど、御両親には『お給料の良い化粧品会社で住み込みで働くことになった』って言ったっていいわけでしょ。この会社があるかぎり、アリバイ工作も万全ですから。それにお客様も質の良い方ばかりだから、そんなに恐れることはないわよ」

そう言われても美華は未知の世界が恐ろしく、足がガクガクと震えてしまった。逃げ出そうとしても、足が竦んでしまって動けず、彼女は腰が抜けたように椅子に座り込んだままだった。怖じ気づいている美華に、瑠璃子は優しい声で、仕事は思うよりずっと安全で、必ず稼げるということを、繰り返し説明した。

「殿方の身体だけじゃなく、心まで癒して差し上げるのよ。それが高級娼婦の役割です。私たちはただセックスするだけじゃないの。テクニックとともに、殿方に〝甘く愉しい時間〟

を与えて差し上げるの。その見返りとして、報酬をいただくわけ。それの何が悪いの？　何も悪いことないでしょう？　誰を傷つけるわけでもなく、殿方を愉しませて差し上げるのだもの。とても平和なことだわ。ね、殿方を幸せにして差し上げましょうよ。人を幸せにして、気持ち良くして、お金をたくさん稼げるなんて、メチャクチャ良いことじゃない」

　瑠璃子の話が終わる頃には美華は魔術に掛かったように、娼婦という仕事が悪いことではないとぼんやり思い始めていた。瑠璃子は、まさに洗脳者であり、その魔力を武器にここまで伸《の》してきた女なのだ。彼女の話は呪文のように、女たちの心を魅了してしまう。瑠璃子が化粧品のCMでテレビにちょっと出演しただけで売り上げが五千万を越すということが、それを証明していた。

　〝売春〞ということも、瑠璃子の巧みな話術に掛かれば〝選ばれた女にしかできぬ、甘美で高尚なお仕事〞と変換されてしまうのである。この瑠璃子の話術の虜になり、高級娼婦の道に入ってゆく女も多かった。コスメの女王として、高級娼婦の先達として、瑠璃子は多くの女たちのカリスマだった。

　瑠璃子の熱心な勧誘話を聞き終え、美華は一つだけ彼女に質問した。喉がカラカラに渇いていたので、コーヒーを一口飲んで。

「どうして、私が売れっ子になると思ったのですか？」

瑠璃子は美華の顔をじっと見つめ、優しく微笑み、答えた。

「貴女は真面目だからよ。仕事熱心で、根が純粋で、スレていない。結局はそういう女性が、お客様に好まれるの。それに化粧も薄くて、素肌が綺麗でしょ。みずみずしい清潔感もあるし。そういう女性がほしいのよ、私としては。……でもまあ、貴女の都合もあるでしょうから、どうしてもとは言わないけれど。でも、できれば考えておいてほしいの。それで、決心がついたら、言ってちょうだい。私たちは、いつでも受け入れることができますから。それまでは、約束どおり会社のほうで電話の対応をしてもらおうかな。こちらはアルバイト程度のお金にしかならないけれど、悪く思わないでね。もし、それが不満だったら、あのクラブに留まるか、もしくは別の仕事を探してもらえるかしら。……私のところで働くのは、娼館にしても、会社にしても、いつからでも構わないわよ。明日からでもいいし、一週間後でもいい。その気になったら、気軽に連絡ちょうだい。良いお返事、待ってるわ」

瑠璃子の話を頭の中で繰り返しながら、狐に抓《つま》まれたような気持ちで、美華はその日、家に帰った。帰りの電車の中でも、なんだか夢を見ているような気分だった。

家に帰ると、母親が泣いていた。父親の入院が長引き、もうすぐ四カ月を超すので、入院保険が利かなくなると。働かなければ、と美華は思った。お金がほしいと、痛切に思った。

（私はずっと何不自由なく育ててもらったんだ。留学までさせてもらった。だから今度は、

私が両親を助けてあげなければ）

美華は、意を決した。そして漠然と、瑠璃子の話を承諾しようと考えていた。瑠璃子の話術に、美華は既に洗脳されていたのだろう。次の日、美華は瑠璃子に、早速連絡したくらいだから。

こうして美華は、高級娼婦の道を歩き始めたのだ。瑠璃子の長年の勘どおりに、美華は瞬く間に売れっ子になった。借金も親の入院費も思ったより早く返し終え、美華は今、今度は自分の将来のために蓄えているところだ。ただひたすら夢中で働いていて、自分の将来のことなど考える余裕などなかったが、最近はいろいろビジョンを巡らすことも多い。何をするにしても金銭というのは必要なので、美華は働けるうちにできるだけ貯めておこうと思っていた。もちろん貯金しつつも、親にはある程度纏まった額を渡した。借金返済後の彼らの生活も、美華は面倒見たのだ。

このような経歴のせいか、色々と重いものを背負った美華には深い翳りがあり、時々見せる憂いが彼女の複雑なエロティシズムを作っていた。美華の客の男たちは、彼女の美貌だけでなく、そのような人柄に惹かれてもいたし、独特の色気に参ってもいた。

美華が芯の強いことは分かっているのだが、堪らない弱々しさもあって、それが男性たちの庇護欲を掻き立てるのだった。「俺が傍にいてやらなければ」と思わせる何かが彼女にはあり、それゆえ通い続ける男たちが跡を絶たない。

「美華は、ホントによくやったよ。今度は自分のためにしっかり貯めなさい。無駄遣いしないでさ！……でも、もう暫《しばら》く、ここにいてよね。美華がいなくなると、寂しくなるからさ。私としては、ずっと傍にいてほしいし、できれば私の後継者になってほしいぐらいなんだけれど、貴女が出て行きたいっていう時は引き留めたりはしない。旅立ちを祝うよ。でも、できれば長くいてほしいな……あれ、美華、寝ちゃったの？」

一日の疲れが出たのだろう、美華はワインに酔って、ソファにもたれて安らかに寝息を立てている。美華のあどけない寝顔に、瑠璃子は思わず苦笑する。あれほど重いものを背負ってこの道に入ってきて、様々なテクニックを身につけ〝薔薇娼婦〟と呼ばれるようになった女でも、眠っている時はこんな天使の如く愛らしい顔をしているのだ。そう思うと、瑠璃子はなぜか目頭が熱くなった。美華に、若い頃の自分の姿を重ね合わせたからかもしれない。

瑠璃子もまた、金を稼ぐために娼婦の道に入った女だった。十九歳の時に未婚の母としてサトルを産み、暫くホステスをして育てていたが、やがてＶＩＰの男の愛人をするようになり、次第に彼の仲間にたらい回しにされ、気がついたら高級娼婦としてしか生きてゆけないようになってしまっていた。

子供を女手ひとつで育てるのは実にたいへんなことで、おまけにサトルは生まれつき手に軽い障害があった。瑠璃子は自分と息子の将来に漠然とした不安を抱え、日々奮闘していた。彼女は金がほしかった。将来の不安が消し飛ぶような、纏まった金が。だから瑠璃子は、無我夢中で働いた。男とセックスして金を手に入れるなど、彼女にとっては何でもなかった。

サトルの父親は、瑠璃子が当時付き合っていた二十も年上の男だった。函館で生まれ育った瑠璃子は若い頃から奔放で、高校もロクに行かずに、居酒屋などで働きながら遊び回っていた。彼女自身が私生児で、母親は幼い頃に亡くなり、祖母に育てられたようなものだった。瑠璃子は小さな田舎街が大嫌いで、十七歳の時、祖母を置いて家を出て、東京へ向かった。東京で歳をごまかしてカフェで働くうち、知り合ったのがサトルの父親だった。瑠璃子は二十年上の男のセックスに溺れ、やがてサトルを身籠《みごも》ってしまった。

男には妻子がいた。それを知っていて、堕ろせなくなった頃、瑠璃子は男に妊娠を告げた。男は一目散に逃げた。もらった名刺も、教えてくれた会社の電話番号も、すべて嘘だった。

瑠璃子は失意の中で子供を産んだ。病院に行かず、四畳半のアパートに産婆にきてもらって。激しい雨が降る夜、難産の末に産まれたのがサトルだった。失意の中でも、産まれてきた我が子はやはり可愛く、瑠璃子は涙を流して喜んだ。

男に失望した瑠璃子は、サトルを育てながら、いつのまにか男を手玉に取る女へと変貌していった。そして今日に至るのだ。サトルは母親ゆずりの美貌の持ち主で、都内のミッション系のお嬢様・お坊ちゃま大学まで出たが、自由気儘《きまま》に男娼の生活を愉しんでいる。ゆくゆくは母親の化粧品会社を継げばよいし、今でも肩書きは会社専務なので、気楽なものだ。サトルは女手一つで育ててくれた瑠璃子に感謝していたし、彼女の商才に対しても素直に尊敬していた。瑠璃子とサトルは、並の親子以上に深い愛情で繋がれていて、仲良し親子として誰もが認めていた。

美華の寝顔を見ながら、瑠璃子はぼんやりと過去の光と影を思い出していた。

（傷があるから、人様の痛みが分かる。淋《さび》しさを知っているから、人様に優しくできるのよね。……美華、私が貴女は必ずナンバーワンになると言ったのは、貴女が昔の私と同じ瞳をしていたからよ。失意の中で、何かにすがりつきたがっているような……。まあ、貴女のほうが私なんかより、ずっと真面目だったけれど。その分、疲れるんだろうね）

そして瑠璃子は、「ゆっくりおやすみなさい」というように、美華の髪の毛をそっと撫でた。美華は瑠璃子の肩にもたれ、静かに寝息を立てていた。

御主人様とペット

美華は首輪をつけられ、土屋《つちや》にリードを引っ張られた。四つん這いの姿で身をくねらせ、彼女は目を妖しく光らせる。美華は猫になりきり、「にゃあん」と甘い鳴き声を出した。

「お前は俺の可愛いペットだから、たっぷり遊んでやるぞ」

土屋は目を細め、美華の頭を撫でる。美華は嬉しそうに、「にゃん、にゃん」と鳴きながら彼の膝に頬擦りした。泥臭いけれど温かな土屋の笑顔が、美華は大好きなのだ。彼の大きな手で首筋を撫でられると、総レースの純白のパンティに愛液がじんわりと滲んでゆく。

美華は土屋好みの、白いレースの下着姿だった。ブラジャー、パンティ、ガーターベルト、ストッキングまで純白で固めた美華は、上品で純血な仔猫のようで、土屋を強く刺激した。そして可愛さのあまり、つい身体を弄くり回して、かまってしまうのだった。

「御主人様あ、お腹が空いたにゃあん」

美華が上目遣いで唇を尖らす。彼女は土屋に上から見下ろされるのが好きだった。自分が本当にペットになったようで、思いきり甘えられるからだ。

そして、彼女がこんなにも愛らしい表情を見せるのは、土屋の前だけだった。自分にすっかり懐いている美華が愛しく、土屋は微笑みを浮かべていた。彼は美華の顎をくすぐりながら言った。

「なに、腹が減ったか。じゃあ、これでも食うか？　ほら」

土屋は寿司をつまんで、美華に食べさせてやった。大トロを喜々として食べながら、彼女は土屋の指まで丁寧にしゃぶった。彼は美華の口の中へと、指を突っ込んでくる。太く節くれ立った指を舐めながら、美華は女芯を疼かせた。大トロの脂が、彼女の唇をいっそう艶めかしく光らせている。

「御主人様の指、とっても美味しいにゃあん。もっと……もっと食べさせてにゃあん」

美華は甘え声を出し、土屋の膝に頬を擦り寄せた。四つん這いで身をくねらす美華は、艶めかしい白猫のようで、土屋の欲情も募ってゆく。

土屋は美華の顎をさすり、顔を上に向かせ、口に含んだワインを彼女の唇へと垂らした。美華は嬉しそうに、土屋の唾液が混じった酒を味わう。彼女の柔肌は高揚でほんのりと染まり、いちだんと艶やかだ。レースの下着には、本気で感じて溢れ出た蜜が、染みを作っていた。

「どうだ、美味いか?」

唇を舐め、土屋が訊《き》く。美華は愛らしい笑顔で、何度も頷いた。そして本物の猫のように、

「にゃあん」と鳴きながら土屋にまとわりついて甘える。

「よしよし。じゃあ、食後の運動をしよう。ほら、散歩するぞ」

土屋は立ち上がり、リードを引っ張って、ゆっくりと歩き始めた。美華は彼の足元にじゃれつくように、四つん這いのまま部屋を這い回る。〝薔薇娼婦〟と呼ばれる美華を、こんな

ふうにペット同然に扱っているということに男の征服欲が満たされ、土屋は激しく高ぶっていた。美華もまた、「征服されたい」という欲望のあるM女なのであろう、このペットプレイを喜々として楽しんでいた。本物の猫になって御主人様に甘え、思いきり撫で回され、可愛がってほしかった。

元ボクシング・ミドル級世界チャンピオンの土屋は、美華より一回り年上の四十二歳で、現在は都内でジムやラーメン店を経営するほか、時折テレビなどにも出演して金を稼いでいる。妻も子供もいる身だが、土屋は美華に特別な感情を持っていた。そして美華もまた、元ボクサーの土屋に惹かれていた。

それはほかの客たちにはない感情だったが、美華はそれを愛情と認めようとはしなかった。なぜなら、この仕事をしてゆくうえで彼女なりの考えがあり、「客の男に対して、決して恋心を持ってはならぬ」と自分で決めていたからだ。客の男を本気で好きになってしまえば、悩んだり考えることも色々と出てくるだろう。次第に、他の客を取ることも苦痛になってゆくに違いない。美華は繊細な感情の動きで、ビジネスを怠ることになるのが嫌だったのだ。

美華は、金のために娼婦になった女だ。恋愛感情ゆえで働けなくなり、稼ぐことができなくなってしまっては元も子もない。だから美華は、この仕事をするにあたって、「絶対に客の男に恋愛感情を抱かない」と決めた。様々な客たちと、その場その場で〝恋人気分の疑似恋愛〟を演じ、相手を気分良くさせる術は身につけていても、美華自身は「あくまでも仕事」と常に冷めていたのだ。

しかし、そうは言っても、美華だって一人の女性である。苦手な客もいれば、一緒に過ごすのが楽しい客もいた。そして土屋は、美華にとって「もっとも心を許せる」客であった。岡山生まれの土屋は朴訥《ぼくとつ》でぶっきらぼうなのだが、心根が優しく温かで、美華は彼のそのようなところに惹かれていた。この娼館で美華は色々な男たちを見てきたが、土屋がもっとも自分に合うように思えた。気が合うということだろうか、一緒にいて気持ちがラクで、一番楽しいのが彼だったのだ。

美華のような仕事をしていると、神経がすり減るからか、男性に対して内面的なものを求めるようになってゆく。少なくとも彼女はそうであった。土屋はいつも大らかな笑顔で、美華の身も心も包み込んでくれる。肌に染み込み、心に伝わるような優しさをくれる。美華は、それだけでもう充分だった。美華は土屋に抱かれながら、その温かな包容力にずっと埋もれていたいと思うことが、よくあった。

彼がくる時は、ときめいた。気分が高揚し、何度も入浴して身体を磨き上げ、甘い薔薇の香りを纏い、土屋が好きな純白の下着を身に着け、胸を高鳴らせて彼を待った。美華は土屋への思いを抑えつけていたが、明らかに彼に恋をしていたのだ。その証拠に、仕事でセックスをして美華が本気で絶頂を迎えるのは、土屋に抱かれた時だけであった。

「御主人様……美華は、いいペットですか？」

土屋にリードを引っ張られながら、美華が四つん這いの姿で訊《たず》ねる。Mッ気の強い美華は、「首輪をつけられて、土屋のペットになっている」というシチュエーションだけで、燃えてしまうのだ。純白のパンティには、本気の愛液が滲み出している。土屋は美華の尻をペンと叩き、撫で回した。

「うん？　当たり前さ。お前は俺の可愛いペットだよ。……ほら、こんなにムチムチした尻をして。真っ白でスベスベだ。ああ……触ってるだけで感じてくる。うん？　美華はどうだ？　御主人様に尻を打たれて感じるか？」

土屋はそう言いながら、美華の尻を叩いた。

「ああん……ああ――ん！　ああんっ！」

スパンキングされ、美華は身を捩って喘ぐ。土屋は彼女の尻を叩いては撫で回しを繰り返しながら、口やかましく言った。

「『ああん』、じゃないだろ？　お前は猫なんだから。『にゃあん』だ。ほら、猫になって鳴いてごらん」

土屋のごつく大きな手で尻を打たれ、美華は秘肉を疼かせながら鳴き声を出した。

「にゃあん！　にゃあああ――――ん！」

その声が可愛く、土屋のペニスも猛ってゆく。フワフワな白い絨毯《じゅうたん》の上、美華は柔肌を仄かに染め、身を悩ましくくねらせて悶えた。四つん這いで身を捩るたび、彼女から甘い香りが立ちのぼり、土屋の鼻孔をくすぐった。

ここは、美華の部屋だった。美華は客を取る時は普段は専用ルームを使うのだが、土屋は特別に自分の部屋に招いていた。このことからも、二人が良い仲であると分かるだろう。土屋と美華が出会ったのは、二年ほど前だ。テレビ局のプロデューサーに連れられて土屋が〝薔薇娼館〟に遊びにきたのが始まりだった。

当時、美華はすでにナンバーワンの座を獲得していて、土屋にも気に入られ、彼の相手をすることになった。部屋で二人きりになると、土屋はポツポツと普段の生活などについて話し始めた。口数少なく、ぶっきらぼうだけれど、悪い人ではないと美華は直感した。土屋は緊張しているのか、美華の目を決して見ない。無骨だけれど純な男は、昔から彼女のタイプだ。

美華は土屋にそっと寄り添い、彼の手を握った。浅黒く大きな手に、白く華奢な手が重なる。土屋は美華の手を握り返すこともなく、ポツリと言った。

「照れてるんです」

と。そして二人はその夜、酒を飲み、フルーツを摘みながら、取り留めもないことを静かに話し続けた。土屋は語った。ボクサーだった時のこと、引退してからの生活、妻と二人の子供がいること、このようなところにきたのは初めてということ、そして美華の印象。

「美華さんは、セックスしたいというより、抱き締めていたい人ですね」

土屋にそう言われて、美華は胸が熱くなった。自分になかなか手を出そうとしない彼を、美華は不審には思わなかった。なぜなら客の中には、行為をせずに話すだけで満足して帰ってゆく男も、けっこういるからだ。それは美華に女の魅力がないからというわけでは、決してない。高級娼婦である美華を愉しむ客もいれば、高級ホステスとしての美華を愛する客もいるということだ。それに美華を初めて買う時は、緊張のあまり勃たなくなってしまう男も多かった。土屋もそのタイプなのだろうと、美華は思っていた。

美華も自分のことを話した。どうしてこの世界に入ったかも。美華は客によって、自分についてまったく喋《しゃべ》らないこともあった。でも、土屋には初対面でもなぜか話せた。なるべく秘しておきたいようなことでも。それだけ、彼には信頼できる何かを感じ取ったのだろう。

土屋は黙って彼女の話を聞き、ポツリと言った。

「色々あったんだね。……これからは、俺でよければ、相談に乗るよ。俺は口は固いからさ、どんなことでも話してよ」

彼の言葉が嬉しく、美華は微笑みを浮かべて土屋の肩にもたれた。彼女のどこか寂しげな笑顔が切なくて、土屋は美華をそっと抱き締めた。そして二人は身体を交えることなく、心を通い合わせながら、初めての夜を過ごした。暖炉に燃えさかる火を見つめながら。雪が降りしきる、とても寒い夜だったが、二人の心は暖かだった。

不器用な土屋は、やがて美華を本気で愛するようになった。「娼館の女だ」と分かってはいても、彼女に会うたび、思いが深くなってゆくのだ。一年ぐらい前から、土屋はよく美華に「娼館での仕事をやめて、俺の女になれ」と、いわゆる〝身請け〟を申し出るようになった。「美華の残りの借金は俺が払うから」と。美華は彼の純粋さが嬉しかったが、すべての面で甘えることはできなかった。土屋の存在が、彼女にはとても助けになっていた。彼を、心の奥底で、本当に愛しているのかもしれない。

だからこそ、親の借金まで彼に払ってもらうのは嫌だったのだ。ここらへんが、美華の生真面目で不器用なところなのだろう。

「借金のことは、私と私の家族の問題です。お客様である貴男に、そこまで迷惑をお掛けすることはできません。貴男を大切だからこそ、そう思うのです。だから、どうか借金を無事返し終わるまで、私を見守っていてください」

美華は優しく丁寧な口調で、土屋にそうハッキリ言った。そして土屋は、そんな頑なな美華に、ますます惹かれていった。彼の心の中では、しだいに妻子よりも美華の比重が大きくなった。土屋は、美華に、本気で惚れてしまったのだ。

そして美華もまた、口では「貴男は大切なお客様。貴男と私では立場が違います」と言いながらも、心の奥では彼に強く惹かれていたのだった。ただ彼女の真面目さと分別が、土屋の胸に飛び込むことを躊躇《ちゅうちょ》させていたのだ。


「にゃあん……にゃああん……御主人様……もっと、美華のお尻をぶって……」

土屋に尻を打たれ、美華は恍惚としながら身をくねらせる。土屋は、少し強く彼女の尻を叩いた。

「ああん……感じちゃう……にゃあああん」

美華は四つん這いで身を捩り、花びらから蜜を溢れさせる。土屋にスパンキングをされると、彼女は本気で興奮してしまうのだ。尻をぶたれて花弁が疼き、身体の芯が火照ってゆく。

土屋のごつく大きな手で叩かれるたび、美華の熟れた花びらから蜜が湧き出る。

「お前は本当に淫乱なペットだな。御主人様に尻を叩かれて、こんなに濡らすなんて。……淫乱で、可愛いペットだ。うん？」

美華のムッチリとした尻を叩きながら、土屋の下半身も怒張する。抜けるように白い美華の尻は、強く打たれ、艶めかしく色づいてゆく。土屋は高ぶり、さらに激しく叩いた。

「にゃあん……にゃああん。はい、美華は、御主人様だけの淫らなペットです。にゃあ、にゃあ――――ん！」

スパンキングの痛みに唇を嚙み締め、美華はいっそう秘肉を疼かせる。もともとM性が強いのであろう、土屋に荒々しく扱われると、美華はどうしようもなく感じてしまうのだ。四つん這いにさせられ、彼の玩具になっているという感覚が、美華を果てしなく興奮させる。痛みが秘肉に伝わり、ジーンと痺れてゆく。溢れかえる愛液で、パンティはもうベトベトだった。美華の可愛い鳴き声を聞きながら、土屋の下半身も滾っていた。

「いやらしい声を出しやがって、困った雌猫だ！……ほら、こんなに濡れているぞ。凄い、尻を叩かれただけで、大洪水だ」

土屋は右手の中指を美華の女陰に突っ込み、搔き回した。濡れそぼった彼女の女陰は、土屋の節くれ立った太い指を難なく呑み込み、キュッと締めつけた。

「にゃあん……ああん……あああっ……御主人様……感じます……あああぁっ」

太い指の感触が秘肉に心地良く、美華は身を捩って悶えた。土屋の指で秘肉を嬲《なぶ》られ、乳首がピンと尖ってゆく。土屋は中指で女陰を搔き回しながら、親指と人差し指でクリトリスを摘み、擦った。

「ああん……ダメ……御主人様……ああーん」

美華は四つん這いで、乳房を揺らして喘ぐ。

女陰とクリトリスを同時に責められ、小水を漏らしてしまいそうなほどの快感に、美華は身を震わせる。白い柔肌は高揚で仄かに色づき、全身から発情のフェロモンが匂い立っている。あまりに悩ましいペットの痴態に、飼い主の土屋も爆発寸前だ。土屋は美華の女陰から指を引き抜き、それを彼女に咥えさせた。

「うん？　どうだ、美味しいだろう？　俺の指に絡みついた、お前の愛液だ。自分の愛液、たっぷり舐めてみろ」

生臭い匂いが鼻につくが、御主人様に命ぜられるまま、美華は彼の指を舐めた。酸っぱくてコクのある味わいに、美華は少し噎せそうになった。

「にゃあん……不味くはありませんが……やっぱり御主人様のオチンチンの味のほうが美味しいです……にゃあああん」

美華は上目遣いの少々不満げな顔で、土屋の指を舐める。彼女の艶やかな唇に自分の指を咥えさせながら、土屋はペニスをさらに膨らませた。

「ふふ……お前はペットの分際で、本当にワガママだな。なに、俺のチンポを舐めたいのか？　仕方がない、舐めさせてやるよ。……ほら、たっぷり味わえよ」

土屋はニヤリと笑い、ズボンをズリ下げる。黒々とした陰毛にそびえ勃つペニスを見て、美華は目を潤ませた。彼の野性味のあるペニスが、美華は大好きなのだ。美華は土屋の下半身に飛び掛かり、猛る男根を口に咥えた。

「にゃあん……美味しいです……御主人様……にゃあああん」

美華は鳴き声を上げ、土屋の男根を舐め回す。カリ首に唇を密着させ、先端をペロペロと猫のように舐める。美華の巧みな舌遣いに、土屋は身を仰け反らせて呻いた。

「ううっ……いいぞ、上手だ……くううっ……ほら、もっと奥まで呑み込め……ううっ」

美華はうっとりとした表情で土屋のペニスを頬張る。命ぜられたとおりに根元まで咥え、唾液を絡ませ、ぽってりとした唇をペニスに滑らせ擦る。土屋の男根は、美華の口の中で、いっそう膨れ上がった。

「御主人様……美味しい……ううん……」

フェラチオの興奮で、美華の身体はますます火照る。「ペニスを口に含むなんて、私はなんて卑猥なことをしているんだろう」という思いが、M性の強い美華を燃え立たせるのだ。彼女は秘肉を疼かせ、尻を振りながら、男根を頬張る。白いレースのパンティは、迸る愛液を吸い取り、濡れ光っていた。

恍惚としながらペニスをしゃぶる美華の淫靡さに打たれ、土屋の興奮も増す。彼は美華の美しい顔を摑んで、口の中にペニスを激しく出し挿れし、イラマチオを始めた。

「ほら、ちゃんと舐めろよ……ほら……うううっっ」

荒々しく扱われて息苦しいが、自分が〝男の性具〟になっているようで、美華は感じてしまう。

「うぐっ……うぐううっ」

口にペニスを勢い良く出し挿れされながら、美華は身悶える。土屋の性具になっていることが嬉しくて、悦びと官能に、秘肉が蕩けてしまいそうだ。

（ああ……御主人様、飲ませて。御主人様の濃くてドロドロした精液、飲ませて……）

美華は心の中で思いながら、イラマチオの興奮に身を委ねていた。レースのブラジャーの中、桜色の乳首が痛いほど突起する。

しかし、土屋は達する前に、ペニスを彼女の口から引き抜いてしまった。急に口がラクになり、美華は思わず少し噎せた。そんな美華が可愛くて、土屋は彼女をメチャメチャにしてやりたくなった。

土屋は美華を軽々と抱きかかえると、隣の寝室へと運んだ。

「御主人様あ……」

土屋の首に腕を絡ませ、美華が切なく甘い声を出す。身体が火照って、疼いて、仕方がない。早く彼の逞しいペニスで貫いてほしくて、ウズウズしている。そんな美華の額にキスをし、土屋は微笑んだ。

「たっぷり可愛がってやるからな。お前が大好きな、あれをしてやる」

土屋にそう言われ、期待に美華の目は潤み、鼻孔が膨らむ。


土屋は美華をベッドに放り出し、荒々しく彼女に伸し掛かると、レースのブラジャーを引き裂いた。

「きゃあああっ！　いやあああっ！」

美華が悲鳴を上げる。土屋はニヤリと笑い、怯える彼女の豊かな乳房を鷲掴《わしづか》みにして、激しく揉みしだいた。真っ白な乳房は手に吸いつくようなモチ肌で、揉んでいるだけで興奮が巻き起こり、土屋のペニスは怒張する。硬く尖った乳首を舐め回し、チュッチュと吸いながら、土屋はニヤリと笑った。

「ふふ……怖がってるわりには、感じてるじゃねえか。乳首がこんなに勃ってやがる。しかし、いい乳してるな……ほら」

土屋は美華の乳首を吸い上げ、豊かな乳房を揉みしだく。乳房が感じる美華は、もう、それだけでイッてしまいそうだ。彼に荒々しくされればされるほど、美華は蕩けてしまうのだ。

「ああんっ……ダメ……痛っ……あああっ」

乳房を嬲られ、美華は秘肉を疼かせ、身を捩る。土屋は美華の熟れた乳房をたっぷりと弄ぶと、ごつく大きな手で、彼女の全身を撫で回した。透き通るほど白い、手に吸いつくモチ肌が堪らず、土屋の下半身はいっそう滾る。美華が喘ぎながら身をくねらすたび、豊かな乳房がプルプルと揺れた。

「いやああっ……きゃあああっ」

土屋が美華のパンティを、荒々しく毟り取る。大きなベッドの上で全裸にされ、美華は羞恥で肌を染め、股間を手でそっと隠す。しかし土屋はその手を払いのけ、毟り取ったパンティで縛ってしまった。美しく形を整えられた、若草のような陰毛が露わになる。両手を拘束され、美華は羞恥と興奮で身悶えた。

「ダメ……見ないで、御主人様……ううん」

「なにが『ダメ』だ。美華、お前は俺のペットなんだぞ。ペットをどうしようが、御主人様の勝手だ」

そう言いながら、土屋は美華の下半身を撫で回す。そして股間をまさぐり、濡れそぼった秘肉に指を突っ込んだ。

「あああんっ……いやぁ……ううううんっ」

土屋は笑みを浮かべ、美華の秘肉を指で搔き回す。Sッ気の強い彼は、美華が感じて喘げば喘ぐほど、高ぶってゆくのだ。美華の秘肉は熱く火照り、土屋の指を咥え込んで離さない。彼女の熟れた秘肉の感触を指先に、土屋のペニスも滾っていた。

「なんでこんなに濡れてるんだ。ペットのくせに、スケベだなあ。ほら、言え。『私は御主人様のペットです。お好きなように扱ってください』って。言うんだ」

美華は両手を拘束されたまま、土屋に女陰を弄り回され、このまま達してしまいそうだ。身体の奥底から激しい快楽が込み上げてくる。めくるめくエクスタシーの中、彼女は息も絶え絶えに言った。

「はい……私は御主人様の……ペットでございます……あぁんっ……ですので……お好きなように……可愛がってくださいませ……ううぅんっ」

土屋の指がクリトリスに伸び、摘んで引っ張り、弄り回す。「ペット」という言葉の持つ淫靡さが、二人をいっそう高ぶらせるのだ。女に対して「ペット」と言う時は、「男の股間の慰みもの」という意味を含むからであろう。しかし、M性の強い美華は、「ペット」とか「玩具」と言われるのが好きだった。そう言われると興奮し、秘肉が疼くのだ。土屋に命ぜられるままに「ペット宣言」をしながら、美華は彼の愛玩動物でいられることに、無上の悦びを感じていた。彼女の薄桃色の乳首は、ますますピンと尖ってゆく。

「そう、いい子だ。お前は俺のペットなんだ。ほら、可愛い声で鳴いてみろ。猫になって、鳴くんだよ。……ほら！」

土屋は美華の股を勢い良く開かせ、秘部を露わにした。若草のような陰毛に縁取られた、薄紅色の女陰が曝け出される。

「いやああっ……にゃああああんっ！」

羞恥に震えながらも、美華は御主人様の命令どおり猫の鳴き声を出す。

美華は土屋に、女陰の奥まで何度も見られているが、それでも見られるたび、恥ずかしかった。彼女は娼婦でありながら、常に〝羞恥心〟を持っていた。それゆえに、初々しさというものを、いつまでも失わなかったのだ。そして男たちは、美華のそのようなところに女性らしい色気を感じ、惹かれた。土屋もまた、そうであった。

「ああ……綺麗なオマンコだ。お前のオマンコは、みずみずしくて、本当に可愛いな。あっ……じっと見られて感じてるんだろ、おツユが垂れたぞ！」

土屋はそう言って、美華の女陰を指でくすぐる。股を広げられて女陰の奥まで見られ、美華は羞恥と興奮で蜜を溢れさせていた。

「にゃあっ……にゃあああんん」

土屋は美華の股間に顔を埋め、迸る愛液を啜った。彼に女陰を舐められ、彼女の胸に切ない愛しさが込み上げる。このような時、美華は「自分はやはり、土屋を好きなのだ」と思う。頭では「土屋はあくまでも客。客に対して、特別な思いを抱くのは御法度」と分かっていても、心はそう簡単に割り切ることができないのだ。美華は思わず、足を土屋の首に絡ませ、頭を股に抱え込んだ。膣の中で蛇のように蠢く彼の舌を、離したくなかった。

「にゃあ……にゃああん……あああん」

土屋の舌は、美華の秘部を荒々しく舐め回す。鼻をクリトリスに擦りつけられ、女陰を舌でえぐられ、美華は達しそうになり、足に力を入れた。すると土屋は焦らし、今度は膨れた蕾に歯を立て、優しく嚙む。エクスタシーに美華の身体も心も、頭の中まで蕩けてゆく。恍惚とした美華に土屋は伸し掛かり、ベッドサイドに用意してあった縄で、彼女の右手と右足、左手と左足を縛ってしまった。こうすると、身動きが取れず、大股開きになる。縛られ、美華は激しく興奮した。

「にゃあっ……にゃああ――――ん」

盛りのついた雌猫のような声を上げ、美華は大股開きで身悶える。白い腿の間、黒々とした陰毛に縁取られ、薄紅色の秘肉がヒクヒクと伸縮している。美しい彼女の痴態を見て、土屋も、もう限界だった。ペニスを猛らせ、彼女に飛び掛かる。美華に覆い被さり、露わになった秘肉へと、男根を突き刺した。

「にゃああっ……ああっ……ああ――っ！」

美華は悩ましく喘ぎ、土屋のペニスをキュウッと咥え込む。大好きな彼の男根を呑み込み、彼女の秘肉は悦びの涎を溢れさせ、肉襞を絡ませて扱き上げる。

本気で感じている美華の膣は凄く、まるで中に手がついていて、その手にペニスが摑まれて巧みに扱かれるようだ。土屋は呻き声を上げ、快楽の涎を啜った。

「美華……ううっ……凄いな」

土屋は美華を抑えつけ、腰を激しく打ちつける。拘束されたまま彼に荒々しく犯され、彼女の身体はますます火照る。乳首は長く突起し、身体中に快楽の電流が走る。M性の強い美華は、こんなふうに犯されるのが、もっとも感じるのだ。

しかし、ここまでを許す客は、土屋だけだ。ナンバーワンの〝薔薇娼婦〟である美華は、客に望まれても、イヤなことは拒否できる。客自体を選ぶことができるのだから、行為を制限するのも当然ではあるが。美華はほかの客ともMプレイをしたが、拘束を許しているのは土屋だけだった。それだけ彼を信頼しているということだろう。

美華は土屋と交わる時だけは、仕事を忘れ、本気で行為に陶酔することができた。それゆえ、土屋には彼が望むすべてのことを許していたのだ。美華は土屋になら浣腸《かんちょう》をされるのも、排泄《はいせつ》を見られるのも、悦びだった。ほかの客だったら「私は金で買われて、こんな屈辱的なことをされているんだ」と、卑屈になってしまうであろうが。

　土屋に対してまったく卑屈にならないのは、彼が美華をしっかりと受け止め、身体だけでなく心までを包み込んでくれるからだ。美華は彼を信頼しきっていた。愛しさを心に秘めていた。だから、土屋のペニスを咥え込む時、美華の女陰はいちだんと機能が良くなった。女の身体は、男によって微妙に変わる。男が女に深い情を持って接すれば、普通の女陰だって、名器になることもあるのだ。

　そして美華も土屋に抱かれる時は、いちだんと名器になった。彼への愛しさが身体の奥底から溢れ出し、秘肉がより深く咥え込み、肉襞がいっそう蠢くのだ。まさに〝蛸壺巾着《たこつぼきんちゃく》〟といった味わいで、この絶品なる肉壺のおかげで、土屋は彼女からますます離れられないのだ。しかし美華が絶品の〝蛸壺巾着〟になるのは土屋だけであって、ほかの客たちには「締まりが良い」ぐらいにしか思われていないかもしれない。このあたりが女体の神秘である。

「美華……お前は俺のペットだ……ううう……俺だけのペットだ……」

　美華の極上の秘肉を味わいながら、土屋が呻き声を上げる。ペニスを突き刺すたび、熱い秘肉が蜜を迸らせ、キュウウッと締め上げる。カリ首と竿と根元を、三段締めするのだ。これだけでも堪らないのに、蕩ける秘肉の中、幾本もの肉襞が「もう離さない」というようにペニスに絡みついてくる。肉襞は時に蛇の舌でくすぐるように優しく、そして時に輪ゴムが絡まるようにキュッキュと、ペニスを扱きあげる。

四十二歳の土屋でも、三擦り半で達してしまいそうだ。彼は歯を食い縛り、額に青筋を立て、美華を陵辱した。

「ほら、お前はこうして犯されるのが……ぐううっ……好きなんだろ？　美華、お前は俺のオモチャだ。オモチャなんだよ！……うううっ」

そんな言葉を発しながら、土屋はますます高ぶり、燃え上がってゆく。「俺のオモチャ」と言われながら犯され、美華もいっそう感じ、秘肉がざわめく。彼女も達してしまいそうだ。

「はい……オモチャです……美華は御主人様のオモチャです……ああ、もっと言ってください。『俺のオモチャ』って言って。言って。言いながら犯して……もっと、もっと乱暴に……ああっ、あああ――――っっ」

怒張するペニスで秘肉をえぐられ、Gスポットを直撃され、美華は潮を吹いてしまった。薄紅色の可憐な花びらから、透明な液体がピュピュッと飛び散る。

「いやああ……ああ――――ん！」

美華は柔肌を染め、激しい快楽に身悶える。大股開きで潮を撒《ま》き散らす美華の痴態に、土屋の興奮も極まる。潮を吹いた後の女陰はいっそう引き締まり、土屋も限界だった。彼は美華の豊かな腰を摑み、荒々しく自分の腰を打ちつけ、いきり勃つ男根で秘肉をメチャメチャに掻き回した。

「ううう っ……美華、お前は俺の……オモチャだ……ぐうううっっ……ああ、いいよ……美華……好きだ……うううううっっ」

美華の熟れきった女陰の中、絡みつく肉襞にペニスを扱かれ、土屋は精を爆発させた。ドロリとした濃い白濁液が、美華の薔薇色の女陰に飛び散る。

精液を吐き出しながらビクビクと蠢くペニスの感触を嚙み締め、美華も達した。激しい快楽が身体の奥から込み上げ、全身に緩やかに伝わり、頭から爪先までジーンと痺れてゆく。達した女陰は蜜を溢れさせて粘つきながら伸縮し、クリトリスはピクピクと痙攣する。

「ああんっ……御主人様……うううんんっ」

美華はエクスタシーに溺れ、土屋の下で悩ましく身をくねらせる。達した二人は暫くそのまま、じっとしていた。土屋のペニスは萎《しぼ》んでしまったが、女陰の入り口でピクピクと蠢いている。二人は笑みを浮かべ、快楽に微睡《まどろ》みながら、汗ばむ肌を重ね合い、抱き締め合う。

美華は、薔薇と汗とフェロモンが入り混じったような、雌動物の如き匂いを発していた。

そして土屋はその匂いを胸いっぱいに吸い込み、再びペニスを疼かせる。美華を抱き締め、彼女の柔肌をまさぐっているだけで、彼の股間は再び隆起し始めた。

「ああん……御主人様、また……にゃああん」

しだいに硬直してゆくペニスを、土屋はまた美華の秘肉の中でそっと動かす。こうして二人は、盛りのついた動物のように、ペニスを引き抜くことなく二回目を始める。

息もつけぬほどの官能の嵐がおさまった後、二人はベッドの中で寄り添いながら、土屋のボクサー時代のビデオを見た。美華の寝室には映写機があり、スクリーンで見られるようになっているのだ。土屋は美華の肩を抱き、静かに水割りを飲んでいた。

スクリーンに映し出される土屋は、リングの上で血だらけになって闘っている。殴り、殴られ、顔は腫れ上がり、歪みきり、それでも相手に向かってゆく。その姿は、まさに飢えた狼だ。

美華は土屋にもたれながら、甘く穏やかな声で言った。

「闘ってる貴男って、素敵……。とっても美しくて、セクシーだわ」

土屋は照れ臭そうに微笑み、美華のたおやかな髪を撫でる。

「セクシーってガラじゃないだろ。あんなに顔が腫れてるんだぜ。思いきり殴られて、目なんて片方開けられなくなっちゃってるし。……ひどい顔してるよ。カッコわりぃや」

土屋はそう言って苦笑する。セックスの後、美華は彼のボクサー時代のビデオを見たがるので一緒に観賞するのだが、内心は恥ずかしかった。美華は土屋の頬にキスをし、耳元で囁いた。甘い吐息が、彼の耳に吹き掛かる。

「そんなことない。とっても美しいわ。闘っている男って、とても魅力的よ。『カッコ良く見せよう』なんて常に考えている男より、血だらけになりながら格闘して自分を無防備に曝け出している男のほうが、ずっとずっとカッコいいわ。ずっとずっと色っぽいわ。男のカッコ良さって、顔の造形なんかでは決まらないのよ。熱い魂を持って、何かにどれだけ打ち込んでいるかってことなの。……無心に闘い抜いて、穏やかになった今の貴男も、もちろん素敵だけれど。素敵すぎて、困ってしまうほど……」

土屋は美華を抱き締める。彼女と会えば会うほど、本気になってゆく。美華を離したくない、このまま家に帰りたくないと、真に思う。

「美華……お前は、俺にとって最後の女だよ。きっと、この先、お前以上に惚れる女はいないだろう。それだけは……それだけは覚えていてくれよ」

土屋に強く抱き締められ、美華の胸が熱くなる。

(なんて不器用な男なんだろう。娼婦の私を、本気で好きになるなんて……)

美華は心の中で呟き、そして自分も不器用だと思う。客の土屋のことを、美華だって本気で愛しかけているからだ。土屋に抱かれ、彼の温もりに埋もれながら、美華は「好き」という言葉を何度も呑み込んだ。彼に愛情を告げれば、美華が必死に保っていた強靭《きょうじん》な心が崩れ、娼婦の仕事ができなくなると分かっていたからだ。

ティータイム

窓から陽差しが入り込む午後二時、美華は広間でティータイムを楽しんでいた。アールグレーの紅茶を啜り、フランス菓子のマカロンを食べる。モーツァルトが静かに流れる部屋で、美華はゆったりと足を組み直した。ドアが開き、サトルが入ってくる。

「これはこれはマドモアゼル美華様！　今日も相変わらずお美しい！」

彼は陽気に言って、口笛を吹く。いかにも伊達男といった素振りも、サトルがすると粋《いき》な感じで憎めない。美華はつられて笑った。

「なんだかゴキゲンじゃない。どこかに出掛けてたの？」

サトルはアルマーニのスーツで決めていた。客の女に買ってもらったものだろう。

「一仕事してきたのさ。美人マダムと成城でランチ&セックス。旦那の留守に豪邸に引きずり込まれて、伸し掛かられてヤラれちゃったよ！　たっぷりお小遣いもらったけどね」

サトルはポケットから無造作に札束を出し、テーブルの上にポンと投げた。そして悪戯っ子のような表情で美華の隣に腰掛け、マカロンを摘んで頬張った。

「モテるわね、サトル君。さすが、マダムキラー」

からかうわけではなく、真に感心したように美華が言う。サトルはクリームがついた指を舐め、おどけた口調で返した。

「まあ、俺はサービス精神だけは旺盛ですから。……こちらの手の動きが鈍いぶんね。舌遣って、気を遣って、あそこ遣って、毎日仕事に精出してるってワケ！　こんな俺でも、可愛がってくれる女たちがいるってのは、有難いことだね」

隣に座っているサトルからはシャネルのエゴプラの香りが漂っている。動きが少し不自由な右手には、プレゼントであろう大きなダイヤの指輪が輝いている。美華はそのダイヤを見ながら、ふと思った。彼がこんなに女にモテるのは、もしかしたら片手が少し不自由だからかもしれないと。

自分に欠けているところがあるから、サトルはどんな女にも優しくなれるのだ、きっと。男を買いにくる女たちが心に秘めた痛みというものが、サトルには分かるのだろう。もしサトルが完全無欠の美男子だったら、逆にこれほど女たちに愛されなかったかもしれない。女はなんだかんだ言って、冷たい美男子より、優しくて愛嬌《あいきょう》のある男が好きだからだ。特に、年齢を重ねた女たちは。

「ホント、可愛がってくれるお客様がいるって、有難いことよね。お互い、お客様は大切にしましょうね」

総レースの豪華な部屋着の袖を揺らし、美華は紅茶を啜る。袖と襟にフリルがたくさん飾られ、美華は中世のロココ絵画に描かれた貴婦人のような姿だった。サトルは溜息をつき、そっと腕を美華の肩に回した。

「そう、お互いに、ね。……どう、美華さん？　たまには俺と。ゆっくり、お互いを分かり合ってみない？」

美華はウフフと笑い、サトルを優しく睨んだ。

「貴男みたいにモテる男が、なにも私とまで寝なくてもいいでしょう？　モテすぎて、あれが乾く間もないんじゃない？　色男さん」

軽くかわされ、サトルは思わず苦笑する。彼が客の女だけでなく、娼婦たちの身体も慰めてやっているのは、この娼館公然のことだ。娼婦たちからは金は取らないので、サトルはこの娼館の女全員のペットのようなものだった。そして、初めは遊びだったけれど、しだいに彼のセックスの虜になり、溺れ始めている女もいた。

「あーあ、またも呆気なくフラれちゃったな。しかし、美華さんはやっぱり手強いわ。さすがナンバーワンの〝薔薇娼婦〟様。ガードが固い！」

サトルの言いぐさに、今度は美華が苦笑する。おそらくこの娼館でサトルと寝ていない娼婦は自分だけだろうと、美華は思う。

「寝ないほうが、お互いを分かり合えるってこと、あると思うの。サトル君とは、仕事仲間、同志でいたいわ。……私がこの娼館に入ったばかりの頃、サトル君、色々なことを教えてくれたじゃない。『接客する時、手抜きだけはしないほうがいいよ。手抜きせず、誠意を持って接すれば、お客さんは必ず惚れてくれる。結局、心さ。惚れさせちゃえば、少々ブサイクだろうが、デブだろうがチビだろうが、身体にどこか傷があろうが、そんなの気にならなくなるもんだよ。でも、清潔感は大事だね。性格ブスの絶世の美女より、並のルックスでも情の厚い女。それがこの高級娼館が求める女なんだよ』……って。今でも覚えているわ。サトル君、いい人なんだなあ、って思ったの。この話を聞いて」

サトルは照れたような笑みを浮かべ、煙草を吹かす。

「いい人……そう、いい人なんだよなあ、俺は美華さんにとって。いい人すぎて、セックスしたくないのかもしれないなあ……なんちゃって！　まあ、あれだよね。美華さんは、相思相愛のヒト、いるもんね！　俺なんかはお呼びではない、と！」

土屋をほのめかすような物言いに、美華も野次馬心が刺激され、サトルに突っ込んで訊いてみたくなる。「冴子のことは、どう思っているの？　冴子、貴男に本気みたいよ」、と。そんな言葉が口に出掛かったが、美華はふと呑み込んだ。冴子の沈んだ顔と、暗い瞳を思い出したからだ。サトルに訊くまでもない。「サトルにとって冴子は、あくまで娼館の女の一人で遊び相手。冴子にとって彼は、報われぬ恋の相手」ということだ。美華は溜息をつき、マカロンを頬張り、わざと軽い口調で言った。

「まあ、私には私の人生が、サトル君にはサトル君の人生があるってことよ。……しかし、サトル君もたいへんよね！　貴男ぐらいの伊達男になると、女とみれば社交辞令で、クドかずにはいられないんでしょうね！　私みたいな女でも……」

美華の言い方が面白く、二人は顔を見合わせて笑う。お互いを巧くかわしながら、美華もサトルも、今のままの関係が心地良いのかもしれない。

アロママッサージ

「美華様、少しお痩《や》せになりました？　腰のあたりが細くなったような気がしますが」

美華の身体を揉みほぐしながら、メイドの奈々が言う。エステ室で全裸になり、美華はタイ式アロママッサージを受けていた。黄金色のベッドに横たわり、スクワランオイルに薔薇とジャスミンの精油を混ぜ合わせたオイルで、全身を揉みほぐされてゆく。噎せ返るような甘い香りの中、美華は至福を感じていた。

「そう？　痩せたかしら……。今朝計ったけれど、体重はそれほど変わってないのよね。引き締まったのかな」

美華はうつ伏せで、気怠そうに答える。背中から尻にかけて丁寧にマッサージされると、気持ち良さを通り越し、眠くなってくる。

「美華様、プラセンタ注射が効いているのではありませんか？　先月から週に一度、打ってらっしゃいますよね」

プラセンタ注射とは、胎盤注射で、美容と健康に効果があるとされるものだ。アンチエイジング（若返り）を常に研究している瑠璃子の勧めで打ち始めたのだが、美華は注射にはあまり乗り気でなかった。

「うーん、でも、そろそろ注射はやめようかと思ってるのよ。なんだか、それほど効果があるような気もしないし……」

「そうですか？　美華様、お肌がより白く、手触りがより良くなったような気がしますよ。ハリっていうか、お肌の弾力がいっそう出てきたように思います。なんて言うのか……例えるなら、ラバーのような肌触りでしょうか」

美華は思わず笑ってしまった。

「ラバー？　うふふ、ゴムみたいになってきたってこと？　それは効きすぎて、なんだか怖いわね」

「いえいえ、本当にお美しいです。スベスベでモチモチで、ツルツルでムチムチです。……ああ、語彙《ごい》が貧困で申し訳ありません」

奈々は恥じ入るように言い、美華の肉体を懸命にマッサージする。

「うふふ、いいのよ。褒めてくれて嬉しいわ」

美華は優しく言うと、ベッドサイドに置いてある鐘を鳴らした。ただちに、また別のメイドが現れる。

「喉が渇いたから、シャンパンを持ってきて。モエ・エ・シャンドンね」

美華の言いつけにメイドは「かしこまりました」と頭を深く下げ、部屋を出て行った。

メイドがシャンパンを用意して戻ってくると、ショーが始まった。薔薇娼館のエステ室は面白い造りで、広い個室の中に小さな舞台があり、施術を受けながらショーを見ることができるようになっているのだ。全身をマッサージされながら、視覚的にも楽しめるなど、まさに愉楽の園である。

シャンパンを運んできたメイドも加わり、美華の身体は二人がかりでマッサージされる。

一人は背中、もう一人は足。美華は黄金色のベッドに寝そべり、シャンパンを啜りながら、恍惚の表情で舞台を見つめた。

小さなステージにはベッドが一台置いてあり、その上でボーイとメイドが組んず解《ほぐ》れつ、絡まっていた。二人とも十九歳で、まだあどけなさが残っている。全裸の二人はどちらも細く華奢で、少年と少女と言った感じだ。

「ああん……あああっ……ううん」

ボーイに犯されながら、メイドが可愛らしい喘ぎ声を上げる。初めは正常位で突かれていたが、徐々にバックの体勢になり、メイドは四つん這いにされる。ボーイはニヤリと笑い、ペニスをいったん引き抜く。彼のペニスは、華奢な外見には不釣り合いなほど、逞しかった。薄紫に煙るステージでの戯れを見ながら、美華は思わず秘肉を疼かせる。メイド二人に身体をマッサージされながら、腰を少し動かしてしまった。花びらが濡れてくる。

ステージの上、ボーイはガラスの浣腸器を手に喜々とする。

「ほら、尻を高くあげろよ。浣腸してやるぞ、ほら……」

ボーイはメイドのアナルに浣腸器を突き刺し、湯で薄めた浣腸液を二リットル近く注ぎ込んだ。

「はああん……あああっっ……ううんっ」

浣腸され、メイドは四つん這いで身を捩る。二リットル注入され、腹が徐々に膨れてゆくのが、生々しくて妙にエロティックだ。メイドは額に汗を浮かべ、便意を堪えて身を震わせる。

ステージでの浣腸場面を見ながら、美華の秘肉はますます疼く。M性の強い美華は、ステージのメイドに自分を置き換え、ボーイに土屋を置き換え、興奮するのだ。

（ああ……私も彼にならいい、人前で浣腸されても構わない……）

そんなことを考え、美華の女陰に蜜が滴る。美華の高ぶりに気づき、マッサージしているメイド二人は顔を見合わせ微笑んだ。二人はより丹念に、腰、脇腹そして尻をマッサージする。

「あああっっ……」

秘肉が疼いている時に、二人がかりで下半身をマッサージされ、美華は思わず喘ぎを漏らしてしまった。シャンパンも廻って、心地良いのだ。美華の柔肌は仄かに色づいていた。

ステージの上、便意を必死で堪えるメイドは、やけに艶めかしい。歯を食い縛り、顔を真っ赤にしてブルブルと震えている。ボーイはそんな彼女の姿に興奮極まったのか、四つん這いにさせたまま、バックの体勢でペニスを突き刺した。凄まじい便意を堪えている時に秘肉をえぐられ、彼女は悲鳴を上げた。

「きゃああっ！　いやああっ！　出る！　出ちゃう――――っ!!　あ――――っ!!」

　メイドはボーイにバックで激しく犯されながら、我慢しきれずに便を飛び散らせた。肛門から噴き出した便が、ボーイの身体に付着する。……とは言っても、ほとんど液体で、便が少々混ざっているといった状態なので、それほど汚らしい感じはしない。おまけに匂いも殆《ほとん》どしない。なぜかと言うと、このボーイとメイドはショー専属の使用人であって、普段から野菜と果物しか食べさせてもらっていないからだ。それゆえスカトロショーをしても、匂いもなく、不潔さを感じさせないのだ。

「ああっ！　よくも俺様に糞《くそ》を掛けたな！　こいつ、お仕置きだ！　ええい！」

　ボーイは糞まみれになりながら、メイドの尻を思いきり打ち、猛るペニスで秘肉をえぐる。

　メイドは叫び声を上げて身を捩り、二回目の脱糞《だっぷん》をした。

「あああっっ……うううんっ……ダメえ」

　便と一緒に、尿まで勢い良く迸る。排泄しながら犯され、メイドは頬を林檎《りんご》のように紅潮させ、感じまくっていた。

「この……糞するたびに、チンポを締めつけやがって！　ぐうううっっ」

　弾力のある十九歳の女陰に咥え込まれ、ボーイの肉棒もはちきれんばかりに膨れ上がる。達する寸前でボーイはペニスをまたも引き抜き、今度は自分が四つん這いになってメイドに命令した。

「ほら、俺にも浣腸しろ！　今度は俺がお前に糞をぶっかけてやる！　早くしろ！」

メイドは言われたとおり、ボーイのアナルに浣腸器を突き刺し、液体を注入する。男の便を掛けられる寸前の女の気持ちは、どういうものであろうか。メイドは頬を紅潮させ、うっとりとした表情でボーイのアナルに二リットルの浣腸液を注入し、そして恍惚としながら彼の肛門を舐めた。少なくとも彼女は、男の便を掛けられることが悦びなのだろう。

ステージの上でのあまりに悩ましい戯れに、美華の女芯は疼いて火照る。彼らの高ぶりが伝わってきて、美華を強く感じさせるのだ。彼女の身体を揉みほぐすメイドたちの手つきは、しだいに性感マッサージのそれのように変わってゆく。美華は夢見心地のまま、達してしまいそうだ。

「ああっ！　出る、出るぞ！　ううう っ！」

ステージの上、ボーイが叫び、メイドに伸し掛かって69の体勢になった。つまり、彼の尻の下に、彼女の顔がくるというわけだ。紫に煙るライトと、静かに流れるマーラーの交響曲が、いい具合にムードを高めている。

慣れていなければ目を背けてしまいそうな光景も、美華は少しも動ぜず、シャンパンを啜りながら優雅に見物している。このようなショーは、この薔薇娼館では日常茶飯事だからだ。

「ううう……はあああっ！」

ボーイは唸《うな》り、メイドの顔の上に脱糞した。アナルから便が飛び散り、メイドの可愛らしい顔を覆い尽くしてゆく。

美華の身体に擦り込まれる〝薔薇とジャスミン〟の精油の香りが立ち込める中、スカトロショーは宴もたけなわだ。ボーイが色白で華奢なせいか、噴き出す糞便もそれほど汚らしいイメージはなく、美華は心ゆくまでショーを愉しめた。

ステージの上、ボーイとメイドは互いの身体に互いの糞便を塗りたくり、舌を絡ませ合い、セックスをする。二人とも主食が野菜とフルーツのせいか、糞便といっても不潔感がなくチヨコレートのようにも見える。糞尿にまみれながら性を貪る若い二人に、美華は絶望を感じつつも羨《うらや》ましいような気もする。

今、午後三時。外は明るい頃だ。美華は思う。この娼館の出来事は、すべて夢の中のことなのではないかと。美華は時々、自分が現世を生きているのか、夢の世界を生きているのか、分からなくなることがあった。

でも、彼女は思うのだ。何が夢で、何が現実か、そんなのはどうでもいいことではないかと。真っ昼間にメイドたちのエステを受けながら、耽美なるショーを見る。美華の肌はいっそう煌《きら》めき、目は輝き、身体がふんわりと浮遊する。メイドたちが美華の太腿に手を滑らせ、女陰を撫でる。一人のメイドが秘部を弄り、もう一人のメイドが腰から尻にかけて、触れるようにそっと優しくマッサージする。

ステージの上では、まだ幼さが残るボーイとメイドが、糞尿にまみれて激しいセックスをしている。キスをしながら互いの糞を貪る若い二人は、汚辱を通り越し、一種の聖性さえ湛えている。

「ううんっ……あああっ……」

ステージを鑑賞しながら、二人のメイドに身体を弄くられ、美華は喘ぎ声を上げて達してしまった。クリトリスがピクピクと痙攣する。エクスタシーを嚙み締め、黄金色のベッドの上で、彼女は恍惚として身をくねらせる。メイドの奈々が、美華の股間に手を入れ、秘部をそっとティッシュで拭った。薔薇とジャスミンと、ブルーチーズが混ざったような匂いが、仄かに漂った。

我儘な年下男

美華は気が浮かないまま、身支度をして、和樹がくるのを待った。自分の部屋で待っていてもよかったのだが、静かすぎて気が滅入ってくるので、広間にゆくことにした。夜の七時を過ぎれば、娼婦たちは広間に揃い、たむろっている。客が集い始める頃だからだ。〃薔薇娼婦〃の美華が現れると、客や娼婦たちから歓声が上がった。

「美華さん、いつもお美しい」

「その新しいドレス素敵！　ディオール？　それともヴェルサーチ？　美華さんによく似合ってる！」

そんなお決まりの褒め言葉が、薔薇娼婦の美華をいっそう華やかに盛り上げる。美華は客である外交官からシャンパングラスを受け取り、掲げた。

「今宵も皆で仲良く楽しみましょう！　乾杯！」

「乾杯！」

あちこちで抱擁や口づけが交わされ、美華も外交官に抱き締められ、頬にキスをされた。

メイドが弾くピアノの生演奏が響き渡り、ムードをいっそう盛り上げた。

賑《にぎ》やかな広間で、美華は取り巻きに囲まれ、ソファに腰掛ける。そしてシャンパンを舐め、取り留めもない話をして、和樹を待った。女性客の腰を抱き寄せてダンスに興じているサトルが、美華にウィンクする。いつも陽気なサトルに、彼女は笑顔で軽く手を振る。今日も長くて賑やかな夜になりそうだ。美華は、やる気があるような、ないような、溜息をついた。

「美華さん、今夜はお相手お願いできないのかな？」

取り巻きの一人である大学教授が、美華に訊ねる。美華は彼の膝にそっと手を添え、やんわりとした口調で丁寧に言った。

「先生、申し訳ありません。前にも申し上げましたように、私は二カ月先まで予約が入ってしまっているんです。だから、当日すぐといいますことは、できないんです。生意気申し上げてしまって、本当にごめんなさい。先生、お許しくださいね。……でも、誘ってくださって、とても嬉しいですわ。ありがとうございます」

ハッキリと断りながらも、男性を立てる。そこが薔薇娼婦である美華の巧みなところだ。美華に「誘ってくださって、とても嬉しいです」と言われ、大学教授も鼻の下を伸ばしてまんざらでもない。

「いやあ、僕のほうこそ失礼しました。そうだよね、売れっ子の美華さんは当日すぐなんて無理だよね。今夜は我慢するよ。……どうせ一カ月後には、予約入れてるんだから！」

そう言って、大学教授は美華の肩を抱く。

「そうですよ、先生！　一カ月後には素敵な夜を御一緒できるのではありませんか」

美華は彼の膝に手を乗せ、そっとさすりながら笑顔で言う。でもそれはもちろん作り笑いで、彼女の心の中は冷めていた。冷めているからこそ、見え透いたことを次から次に言えるのかもしれない。でも、そうかと言って、美華は決して客を軽んじているわけではない。自分を必要としてくれている客を、大切には思っている。美華はきっと、客というよりも、このような商売をしている自分に対して冷めているのだろう。

作り笑顔を振りまき、客たちと談笑していると、和樹が到着した。彼は広間にズケズケと入ってきて、美華の前に立ち、彼女の取り巻きたちにも臆《おく》さず言った。

「待たせたな。美華、さっさと行くぞ」

そして美華の腕を摑み、ソファから立ち上がらせる。和樹の傍若無人《ぼうじゃくぶじん》な態度に、美華の取り巻きたちは失笑する。彼が政治家・鯨井のドラ息子で、親から金をせびって娼館に遊びにきていることを、誰もが知っているのだ。

若気の至りなのか、和樹は美華にやけに馴《な》れ馴《な》れしく、十歳年上の彼女を「俺の女」扱いしたがった。そして美華は、正直、そのような和樹を持て余していた。もともと包容力のある年上男性が好みの彼女は、年下の我儘男というのが苦手なのだ。だから彼が遊びにくる日は、イマイチ憂鬱《ゆううつ》で気分が乗らなかった。

「ほら、グズグズするなよ。美華、お前だって俺に会いたかったんだろう？　携帯電話に何度も掛けてきやがって。寂しかったんだろう、たっぷり抱いてやるぞ」

美華は和樹に手を引っ張られながら、軽く睨む。「携帯電話に何度も掛けてくるのは、私じゃなくて、貴男でしょ？　私は一度も貴男に掛けたことなんてありません」と言ってやりたいが、皆の前で客に恥をかかせてはいけないと、堪える。和樹はわざと大きな声を出し、誰もに「美華は俺の女だ」ということをアピールしたいようだった。

薔薇娼婦である美華を「俺の女」扱いしたがる男も確かに多かったし、その気持ちも分かる。しかし、美華の客たちは年齢を重ね、ある程度の経験をしていたので、皆の前であからさまな態度を取ったり、彼女に迷惑を掛けるようなことはしなかった。あまりに子供じみている和樹に、誰もが注意してやりたいが、鯨井の息子と思うと後々面倒なことになるのがイヤで、皆、口を噤《つぐ》んでしまうのだった。……しかし、恐れ知らずの者というのは、どこでも一人はいるものだ。

「あらあら、鯨井のお坊ちゃま、そんなに強く手を引っ張っちゃダメですぅ！　美華様のお手々は繊細なんですよぉ！　なんてったって、当店のナンバーワンでございますから！　美華様は皆のものでございます！　お坊ちゃまだけの女性ではありませんので、そこのところ誤解ありませんよう。もっと〝場の雰囲気〟を読めるよう、大人になりましょうねぇ。じゃないと、美華様に嫌われちゃいますよぉ！」

和樹に陽気に突っかかっていったのは、サトルだった。サトルのからかったような言い方に、和樹は思わずカッとなり、彼の胸ぐらを摑んだ。

「なんだと、この野郎。もう一度言ってみやがれ」

広間に集った人々は、誰もが好奇の目を光らせ、このハプニングを見守っていた。このような場所には、こんな騒ぎなど、珍しくもないのであるが。美華が見かねて止めに入った。

「もう、やめてよ。和樹君、こんなところで暴力沙汰なんか起こして知れ渡ったら、大学やめなきゃならなくなるわよ。……サトルさんも、お客様に、ちょっと言いすぎよ。まったく二人とも、血気盛んだこと！　二人とも反省するのね。サトル君は美人マダムにお任せするとして、さあ、和樹君、行きましょう。私がお仕置きしてあげるわ……」

妖しく目を光らせ、今度は美華が和樹の手を引っ張る。広間を出て行く二人の背中に、「さすが美華様！」「お幸せに！」という囃子《はやし》声が飛び、皆、再び活気づいてゆく。

部屋の中で二人きりになると、和樹は美華を抱き竦めた。そして、強引に唇を押しつけてくる。美華はもがき、身を捩って彼の抱擁を逃れた。

「ダメよ。焦っては。……ゆっくり楽しみましょう。夜は長いのよ」

しかし和樹は欲情しきっているのか、美華に纏わりついてくる。彼女はしなやかな身のこなしで擦り抜け、逆に和樹をベッドに押し倒してしまった。十歳年下男との攻防戦に、息が少々切れる。

「いい子にしなさいよ。……お姉さんが可愛がってあげるんだから。ほら、目を瞑《つぶ》って」

美華は全体重を掛けて、痩せぎすの和樹を押さえつけ、彼の顔を乳房で押し潰す。

「ううっ……ぐうううっっ」

息苦しくも甘い官能に、和樹は身体の力が抜けてゆく。美華の乳房は柔らかくムッチリとして、薔薇とミルクを混ぜたような香りがして、このまま窒息させられてもいいようにさえ思えてくる。美華の胸の谷間で鼻を挟まれ、和樹の若いペニスは勢い良く猛る。彼女は乳房をグリグリと和樹に押しつけ、彼が怯《ひる》んだところで、ベッドの下から素早く手枷《てかせ》を取り出した。そしてそれで彼の手を拘束してしまった。

「ああっ……何するんだよ……」

和樹は文句を言いながらも、ペニスをいっそう猛らせる。和樹はSッ気もMッ気もあるのだが、彼に対してMをするのは美華はあまり気乗りせず、流れを上手く作って自分がS役をしてしまうことが多かった。

これほど苦戦しても美華が和樹を断らないのは、彼が鯨井の息子であるからだ。鯨井は薔薇娼館の長年のお得意様で、彼の機嫌を損ねてはいけない。それゆえ、和樹に気に入られてしまった美華は、できる限り誠意を持って対応していた。

「うふふ……膨れっ面した和樹君も可愛いわ。オチンチンも、もう、こんなに大きくなってるじゃない。ほら、足も縛ってあげるわ……」

美華はそう囁きながら、和樹に足枷もつけてしまう。そして膨れ上がったペニスを、薔薇色のマニキュアを塗った指先で、そっと優しく撫でた。

「ううう……あああっ……」

和樹の若いペニスは、そんな愛撫だけでも、いきり勃ってしまう。美華は目を光らせ、ドレスを脱ぎ始める。黒いブラジャーとパンティ、そしてガーターベルト姿になり、美華は和樹に妖しく微笑んだ。彼女の刺激的な姿に、和樹はゴクリと生唾を呑み、ペニスをビクビクと蠢かせた。

華やかな新人

「初めまして。友梨《ゆり》と言います。大学卒業して気儘に生きてたんだけれど、セレブ生活を夢見てこの世界に飛び込みました。長塚《ながつか》さんの紹介です。二十三歳、若さとスタイルが取り柄です。よろしくお願いします！」

友梨はそう自己紹介し、抜群のスタイルを誇示するかのように堂々とポーズを取った。長塚とは、薔薇娼館の古くからの客で、マンションやゴルフ場などの経営をしている、いわゆる実業家だ。友梨が大学時代、アルバイトで雑誌モデルをしていた頃、彼と知り合ったらしい。

友梨は若くて美しく、長身で細身の割りに胸は豊かで、女でも見惚れてしまうほどだ。彼女の登場に、この娼館の人々は誰もが心をざわめかせた。それは、（こんな美人が入ってくると、自分の客が取られてしまう）というような妬みというより、（何かイヤな予感がする）といった漠然としたものだった。

友梨は広間に集まった娼婦たちを見回し、心の中で思っていた。

（なんだ、〝高級娼館〟なんていうから、どんなに凄い女たちが集まっているのかと思ったら、大したことないじゃない！　私からしてみれば、ブスやオバサンばかり！　笑っちゃうわ。……まあ、確実なのは、この中で私が一番美人で、スタイルが良くて、そして若いということね。ふん、これならナンバーワンになんて、すぐなれるわ！）

その暗黙の嘲りが、態度や仕草に表れるのだろうか、友梨は仲間の女たちに良い印象を与えなかった。面白くなさそうな娼婦たちを見下しながら、友梨は（ブスどもが私を僻《ひが》んでるのね）と心の中で嘲笑していた。

「……というわけで、新しい仲間が増えました。みんな、友梨ちゃんと仲良くしてね。友梨ちゃんも、先輩たちから色々教えてもらうように。……あ、紹介しておくわ。こちらが、当館のナンバーワン、〝薔薇娼婦〟と謳《うた》われる美華さんよ。美華さん、新人のコだから、色々教えてあげてね」

瑠璃子が、友梨を美華に紹介する。美華は丁寧に挨拶した。

「初めまして。よろしくお願いします。ここは女の子たちもスタッフも皆とても仲が良いから、楽しく働けると思います。友梨さんはお美しいから、すぐに人気者になるでしょう。頑張ってくださいね」

友梨は笑みを浮かべながらも、美華を不躾《ぶしつけ》に見回し、〝観察〟していた。

「はい、ありがとうございます！　分からないことばかりなので、色々教えてくださいね！　ところであのう、美華さんっておいくつなんですか？」

友梨のなんとなく悪意のある無邪気さに、瑠璃子は苦笑する。美華は内心（やっぱり若いなあ）と思いつつ、素直に答えてあげた。

「三十歳よ。友梨ちゃんより七つ上ね」

「えー、見えませんね！　お若く見えますよ！　そうかあ、三十路でナンバーワンなんですね！　じゃあ、私も今すぐナンバーワンになれなくても、七年も経てばなれるかもしれませんね！　ガンバらなくちゃっ！」

チクチクと棘《とげ》のあるイヤミにも、美華は怒る気にもならない。友梨の若さに、ひたすら圧倒されるばかりだ。

「『ガンバらなくちゃっ！』って可愛いじゃあーりませんか！　そうそう、新人さんには頑張って稼いでもらわないとねえ。……ま、皆さん、どうぞ」

三人の輪の中へ、サトルがワイングラスを持って割り込んでくる。彼は皆にグラスを渡し、おどけたように続けた。

「友梨ちゃんだっけ？　『ナンバーワンになる』ってね、口で言うのは簡単だけど、実際それ続けるのって難しいのよ。美華さんが三十歳の今、押しも押されぬナンバーワンだからって、貴女が三十歳になった時ナンバーワンでいられるかどうかなんて、分かんないんだから！」

友梨はサトルを睨みつけた。険しい目つきに、彼女の素の心が現れているようだ。サトルは心の中で舌を出し、「まあ、頑張ってね～」と陽気に言いながら退散した。気分を害したような友梨に、瑠璃子は苦笑して言った。

「気分悪くしたら、ごめんなさいね。今の、私の息子なのよ。いつもあんな調子で、悪気があって言ってるわけじゃないから、気にしないでね」

サトルが瑠璃子の息子と知り、友梨は忽《たちま》ち態度を変える。

「あ、そうだったんですか！　ママの息子さんなんだ……。ああ、そう言われれば、似てますよ。目の辺りとか、そっくり！　似てるぅ――」

無邪気にはしゃぐ友梨に、瑠璃子も美華も黙って微笑んでいた。

お披露目を終え、与えられた部屋に戻って一人になると、友梨はけたたましく笑いながらベッドに寝転がった。

（今に見てなさい。私は必ずナンバーワンになってみせる！）

天井を見上げ、友梨は心に誓う。

（だいたい、変よ。新人だからって、こんなに小さな部屋しかくれないなんて。ここにくる前に住んでたマンションより小さいじゃない！　それに、なによ、あの美華って女。なんであんな女がナンバーワンなのかしら？　三十路で、顔だってブスとは言えないけど目が覚めるような美人とは思えないし。スタイルだって、悪くはないけれど良くもないじゃない！まあ、肌が白いのは認めるけれど……。なんであんな普通の女に毛が生えたようなのが〝薔薇娼婦〟なんて言われてるのかしら？　ふふふ……、まあ、あんなのがナンバーワンなんだから、その座を奪うのなんて簡単よね、考えてみれば。私のほうが圧倒的に若くて美人で、スタイル抜群なんですもの！）

友梨はベッドから勢い良く起き上がり、鏡の前に立つ。モデルをしていただけあり、さすがのプロポーションだ。自分でも、見惚れてしまう。

(美華なんてのが、あんなに広くて豪華な部屋にいて、私がこんな小さな部屋にいるなんて、間違ってるわ！　この世はね、美人が得するの。そういうふうに、できてるのよ。それを思い知らせてやるわ、あのブスのオバサンたちに。……ホント、〝高級娼館〟なんて言いながら、大した女いないじゃない！　あのママの瑠璃子ってのも、若作りしてるけど、ババア！歳なんだから、もう引っ込んでなさい、っていうのよ！)

友梨は独りで怒りまくり、鼻を鳴らす。そして煙草を銜え、吹かした。

(まあ、今に見てなさい。ナンバーワンどころか、この娼館ごと、乗っ取ってやるから。……私にはできるわ、必ず)

煙を吐き出しながら、友梨は若い野心に燃え、ニヤリと笑った。


一日の仕事を終え、瑠璃子は部屋で緒形と一緒に酒を飲んでいた。

「もう十一月だもんねえ、早いわ。来月は忘年会だなんだで忙しくなりそうね。で、それが終わったら新年会。ああ、身体がいくつあっても足りないわ」

「でも、忙しいのは、よいことです。この薔薇娼館、そして瑠璃子様がいつまでも栄えてくださるのは、私の一番の願いですから。お役に立てますよう、私も努めますので、忙しい時季を乗り切りましょう」

緒形の淡々とした口調は彼の誠実さを表しているようで、瑠璃子は安心を覚える。彼は瑠璃子が薔薇娼館を始めた頃から運転手として雇ったので、もう十五年ほどの付き合いだ。もともとタクシーの運転手だった男で、下落合で妻子と一緒に暮らしており、この館には住み込みではないが、泊まってゆくことも多かった。寡黙《かもく》で、よけいなことは言わず、淡々と雑用をこなす緒形を、瑠璃子は信頼していた。否、瑠璃子だけでなく、サトルも娼婦たちも、ボーイもメイドも、館の人々は誰も緒形を頼りにしていたのだ。

「ありがとう。お前がそう言ってくれると、本当に心強いわ。……あら、サトル、どうしたの？」

瑠璃子の部屋に、サトルがフラリと入ってきた。緒形は急いで彼のぶんの水割りを作り、椅子を立った。親子水入らずの話があるのだろうから、席を外したほうがよいと思ったのだ。

「あ、緒形さん、いいよ。いてくれても」

サトルは引き留めたが、緒形は頭を深々と下げ、「いえ、夜も遅いですし、私はこれで失礼致します。お母様とごゆっくりお話しください」と言って、部屋を出て行った。

椅子に座り、水割りを飲みながら、サトルは早速切り出した。

「ねえ……あの新入りの友梨って子。あれ、いつまで置いておくつもり？」

瑠璃子とサトルの目が合う。二人はニヤリと共犯者のような笑みを浮かべた。瑠璃子は煙草を吹かし、足を組み替え、気怠い声で答えた。

「そうねえ、いつまで持つのかしら。……長塚さんの紹介だから、置いてあげたけどね。ほら、来月は年末で忙しいでしょう？　毎年十二月は必ず人手不足になるから、それもあって調達したのよね。あの子、見栄えはいいからさ、パーティーの時なんかは華を添えてくれるかなと思ったの。まあ、ボロ出さないで、ガンバってほしいわね。……若くて美人でスタイル抜群で、それを鼻に掛けて『自分が一番』って勘違いしてる女がここでどれぐらい持つか、私も楽しく見物させてもらうわ」

ストレス

友梨は娼館に華々しくデビューし、勢いに乗って派手な行動を取った。ひときわ目立つドレスで現れ、肌の露出度も高い。超ミニのスカートからは、見事に長い美脚が伸びている。モデル上がりのスタイルを見せつけ、皆を圧倒した。ハーフとも思えるような彫りの深い顔立ちとグラマラスな肉体で、客の間でも瞬く間に人気が出た。

「私、入ったばかりだし、二十三歳で、いろんなことが分からないんですぅ。友梨に色々教えてくださいね！　私、〝薔薇娼婦〟の美華さんに対抗して、〝百合娼婦〟って名乗っちゃおうかな。ユリ繋がり、ってやつで！」

友梨は酔っぱらい、客にもたれ掛かって、そんなふうにはしゃぐのだった。客たちはともかく、友梨に対して、ほかの女たちは快く思っていなかった。友梨の美しさが疎ましいというのも正直あるだろうが、何よりも彼女の態度に嫌悪を抱いた。友梨は全身で「私は若くて美人なのよ！」と自己主張しており、それが鼻につくのだ。彼女がもう少しおとなしく楚々としていれば、不快感を抱かせることもなかっただろう。

友梨がほかの娼婦たちを見下しているということは、彼女が口に出さなくても分かった。平気でほかの女の客を取ったりもして、友梨の人気が上がるにつれ、彼女を恨む女たちも増えていった。しかし周りにどう見られるかなど、野心家の友梨は知ったことではなかった。

「ちょっと、洗濯、まだなの？　それから私の部屋、ベッドメイキングがちゃんとできてないわよ！　しっかり仕事しなさいよね」

友梨はそんなふうに、よくボーイやメイドも叱り飛ばした。指名数が増えるにつれ、彼女の態度もさらに大きくなる。メイドを叱りつけて「申し訳ありません」と謝らせながら、友梨は（我儘も大物の証拠よ）と心の中でほくそ笑んでいた。

友梨を目当てにやってくる客も増えたが、彼女のおかげで娼館の雰囲気が悪くなってきたのも確かだった。友梨の陰口を叩く娼婦や、彼女に怒鳴りつけられてノイローゼになってしまうメイドも現れた。冬の気配が近づくにつれ、娼館にも暗い影が忍び寄っていた。

美華は、娼館の雰囲気が微妙に変化してきたことが、漠然と不安だった。友梨が自分を敵対視していることにも気づいていたし、彼女の悪い噂《うわさ》も仲間の娼婦やメイドたちから聞かされていた。

「ねえねえ、聞いてよ！　友梨ってコ、静乃《しずの》のお客さんも取っちゃったのよ！　陰で擦り寄ってってさ！　まさに泥棒猫よね」

そう息巻く仲間の話を聞きながら、美華はなんとも言えぬ思いだった。美華はもともと、「客を取った、取られた」などという話は嫌いだ。どの女が良いなどということは、その客が決めることであって、選ばれる立場の女がガタガタ言うものではないように思う。それに一時的にほかの女に浮気しても、前の女の良さが忘れられぬなら、男は必ず戻ってくるだろう。この仕事を始めて、美華も客を取られたという経験はある。しかし、一時的にほかの女と仲良くしても、ほとんどの男は美華のもとに帰ってきたのだ。「去る者は追わず」という彼女のクールな心構えが、逆に効を発するようだった。

美華は経験上、「男がほかの女に目移りしても、自分の良さが分かっていれば必ず戻ってくる。戻ってこなかったら、それまでの間柄」と達観しており、それゆえ「客を取った」だの「取られた」だの騒ぐのは、いかにも不毛に思えるのだった。

美華は、もし自分の客を友梨に取られても、正直どうでもいい。二カ月先まで予約がいっぱいの自分のスケジュールを考えると、逆に何人か客を持って行ってほしいような気さえする。こんなクールな考え方ができるのは、美華がこの仕事や男性に対して冷めているからなのだろう。美華はよく、「遠くを見ているような目をしている」と言われる。それはきっと彼女が、娼館にいる今現在ではなくて、もっと先の未来を、いつも漠然と考えているからだろう。現在の娼館の生活というのは、美華にとって或る意味どうでもよく、日々の生活で起こることは、夢の世界の出来事のように儚いものだった。

こんなクールな美華だが、或ることを考え、苦笑した。もし、土屋を友梨に取られたら、自分はどうなるのだろう、と。美華は目を閉じ、土屋の朴訥な笑顔や、泥臭い温もりを思い出す。そして、彼女は静かに微笑んだ。

土屋は、友梨のような女に簡単に引っ掛かるような男ではない。そういう男でないと分かっているから、自分は時々冷静さを失うほどに、彼を愛しく思ってしまうのだ。土屋は自分を裏切らない。自分たちの絆《きずな》は、そんな脆《もろ》いものではない。だから何も心配はいらないのだ。

秋の夜、豪奢な部屋の中で、美華は携帯のストラップにそっと触れる。白ウサギのストラップは、土屋が携帯につけている黒ウサギのそれとお揃いだ。携帯には、土屋からの「おやすみメール」が届いていた。

「肌寒くなってきたから、風邪ひかないようにな。早くまた美華に会いたい。それまで元気で。おやすみ」

短い文章だが、彼のぶっきらぼうな愛情が籠もっていて、美華に穏やかな笑みが浮かぶ。化粧を落とした彼女の顔は、素肌が美しく、少女のようなあどけなさが残っている。美華は無邪気に、返事のメールを打ち始める。こんなひとときが、娼館のいざこざや不穏な空気を忘れさせてくれるのだ。


美華が広間に入ってゆくと、娼婦たちが集まり、麻衣を囲んでいた。麻衣は泣きじゃくっている。

「どうしたの?」

客に何かされたのかと心配になり、美華が訊ねた。悠子《ゆうこ》という古株の娼婦が顔を顰め、忌々しそうに耳打ちした。

「また友梨が原因よ! あいつが麻衣に、足のことを言ったのよ。『麻衣さん、ついてない人生ですよねー。アキレス腱切らなかったら、今頃プリマとして脚光を浴びてたのに! 今じゃ、ＳＭショーでしか踊れないんですものね』って。笑いながら言ったのよ。あいつ、調子に乗りすぎだわ。……今に、とっちめてやる」

悠子の声は怒りで震えている。ずっと冷静でいた美華の心にも、ふと怒りが込み上げた。ついてない人生？　じゃあ、ついてる人生って、どんな人生なんだろう。友梨は、あの娘は、自分の人生がついているとでも思っているのだろうか。友梨だって、麻衣だって、私だって、同じ娼館の女なのに。

美華の心に生じた怒りは、やがて虚しさへと変わってゆく。ここにいる女たちは、一皮剝けば誰だって同じような身の上なのに、なぜそんなに争わなければならないのだろう。美華はこの娼館にお世話になるようになって、自分と同じような境遇の女たちを知り、仲間意識を持ち、ずいぶん励まされた。娼館の女たちは皆、互いのプライベートなところには深入りせず、ほどよい距離感を保ちながら、仲間意識で繫がっていた。そうでないと、一つの館で共同生活など無理なのだ。それなのに、その〝ほどよい連帯感〟を、崩そうとしている女がいる……。

「ねえ、美華さん。あのコのこと、ママに言ってくれない？　私たちが言ってもいいけど、美華さんが言ってくれたほうが、ママも聞いてくれると思うのよ」

悠子に言われ、美華は弱々しく頷いた。いわゆる〝チクリ〟のようなことは、本当はしたくないのだ。しかし、友梨の傍若無人な態度は、目に余るものがある。

「ええ……機会があれば、言ってみるわ。でも、ママだって、とっくに気づいていると思うけれど」

美華はそう言って腕を組む。娼婦たちは緒形に友梨のことを告げ口しているようだから、彼経由で瑠璃子の耳にも色々入っているだろう。

土屋に会えたというのに、美華は浮かない顔をしていた。元気のない彼女に、土屋は心配になった。

「どうした？　悩みがあれば聞いてやるぞ」

美華を抱き寄せ、土屋が言う。美華は彼の胸にもたれ、時折洟《はな》を啜りながら、胸中を吐露した。誰にも言えないことでも、土屋になら話せるのだ。それだけ彼を信頼し、彼に甘えているということなのだろう。

「なんだか……疲れちゃったわ。新人の友梨ちゃんは皆と仲良くしないし、私にも突っ掛かってくるし。皆のグチも聞かされて、もう、イヤなのよ。……でも、なんだか羨ましいような気もするけれど、友梨ちゃん」

一方的に話し続ける美華の髪を、土屋は黙って撫でている。

「あれだけワケの分からぬ自信があるって、やっぱり若さよね。……私は、あんまり自信がないからなあ。ナンバーワンとか〝薔薇娼婦〟なんて言われても、自分自身は冷めていて、自信なんて持てないの。豪華なメイクやヘアスタイルやドレスや着物で誤魔化してるだけで、私自身は顔だってスタイルだって、ちっとも完璧じゃないし。……だから、ヘアメイクしてくれるメイドのみんなには、いつも感謝してるのよね。本当に。陰のスタッフがいなかったら、私なんかが〝薔薇娼婦〟になんて、なれっこないんだもん。でもさあ、威張り散らす人生っていうのも、面白そうよね。私も、高飛車なこと、言ってみたかったな。……うふふ、私、羨ましいのかも。友梨ちゃんの、あの若さゆえの傍若無人が。怖いものなしの、あの自信が」

美華は土屋にしがみつき、彼の胸に顔を埋める。色々な疲れや気苦労が溜まっているのだろう、美華は土屋の胸でさめざめと泣く。土屋は彼女の背中を優しく撫で、励ますように言った。

「何言ってるんだ。美華はとても素敵な女だよ。もっともっと自信を持てよ。お前は、俺が本気になった女なんだ。いい女に決まってるじゃないか。……友梨ってコをお前は綺麗だって言うけれど、男によっては『背が高すぎる』『痩せすぎ』って思うかもしれないよ。好みなんて、人それぞれさ。俺はお前が大好きだよ。ちょっと低い鼻も、ムチッとした身体も、ナンバーワンのくせに威張らないようなところも。大好きだ、堪らなく」

　土屋の言葉を聞いて、美華に笑みが戻る。彼女は涙を手で拭うと、土屋を見上げ、指で鼻を押し潰して、おどけた顔をしてみせた。

「こんなに鼻が低くても、私のこと、好き？　御主人様、にゃあああん」

　美華がこんなにおどけられるのは、土屋の前だけだ。土屋は美華の顔を見て笑い、きつく抱き締めた。

「おお、大好きだ。鼻ぺちゃでもなんでも、俺は美華が好きだ。……元気になって良かった。美華、疲れてたんだよ。どうだ、今度、休みの時、店外デートでもするか？」

　美華は土屋を見上げた。店外デートは、なかなか難しい。ママの承諾を得なければならないうえ、何時から何時までなど色々規制があり、休日の店外デートはまた別物だった。仕事の前に食事に一緒に行ったりするのは同伴扱いになるが、休日の店外デートに規制を作るのは、女が逃げてしまうことなどを防ぐためだ。男がそのまま女をマンションに住まわせ、愛人として密かに囲ってしまうなど、あり得るからだ。だから店外デートを許す客の審査も厳しいのだが、美華は土屋なら大丈夫と思った。店外デートに誘ってくれた彼の優しさが嬉しく、美華は土屋の首に腕を回し、はしゃいだ。

「嬉しい！　店外デートに誘ってくれるなんて！　貴男と一緒に、外を歩きたかったの」

無邪気に喜ぶ美華が愛しく、彼女を抱き締める土屋の腕に力が入る。

「よかったよ、喜んでくれて。一緒に歩こう。どこ行こうか。何を食べよう。楽しみだな」

秋の夜、二人は身を寄せ合い、デートのプランを立てる。二人とも、高校生の頃に戻ったような初々しい気分だった。土屋のおかげで美華の心には、また穏やかさが戻った。涙はすっかり乾いていた。

ドライブデート

瑠璃子に許可をもらって、美華と土屋は店外デートをした。日曜日の正午、待ち合わせ場所に美華はGジャンにGパン姿で現れた。長い髪はポニーテールに結んでいる。美華のそんなカジュアルな姿を初めて見て、土屋は一瞬驚いたが、すぐに相好が崩れた。いつものドレスより、似合っていたからだ。

「可愛いよ、美華。俺もジーンズだから、お揃いみたいだな」

美華は満面の笑みで、土屋に飛びつく。久々に娼館の外に出て、自由になれたようで心から嬉しいのだ。娼館の中と外では、空気も色彩も、何もかもが違うように思える。美華は大きく深呼吸し、瞳を潤ませた。

土屋の車に乗り、奥多摩方面へとドライブに向かった。高速を抜け、八王子インターで降りて少しゆけば、東京とは思えぬほどに緑豊かな風景が広がる。車の中では土屋が好きなブルース・スプリングスティーンが流れ、娼館で掛かっている退屈な音楽に飽き飽きの美華は上機嫌だった。

都心を離れてドライブデートしたいと言ったのは美華で、山や緑の風景を見て、子供のようにはしゃいだ。豪華な娼館の生活の中で、彼女が一番飢えていたのが、このような自然だったのだ。山には紅葉が広がり、秋空は澄み切って、白い雲がたなびいている。

「ねえねえ、見て、〝名物ほうとう、五百円〟だって！　美味しそう！　あそこで食べようよ！」

藁葺《わらぶ》き屋根の店を指し、美華が無邪気に言う。自然の中での美華の笑顔は、切ないほどに無垢《むく》で、土屋は彼女の肩をそっと抱いた。美華は土屋と、娼館の外でこうして二人でいるだけで幸せで、なんだか夢を見ているようだ。ドライブの間、二人は取り留めもないことを話し、時折キスしたり、指を絡ませ合ったりした。それだけでも、二人には、セックスと同じぐらい、否それ以上のエクスタシーだった。

美華の提案で、藁葺き屋根の店で、二人はほうとうを食べた。モチモチした麺《めん》とちょっぴり甘い汁に、美華は上機嫌だ。

「俺、ニンジン苦手なんだよなあ」

と言う土屋に、

「私、ニンジン大好きだから、もらってあげる。そのかわり、椎茸《しいたけ》あげる。好きでしょ?」

と美華は返し、二人は仲良く分け合って食べた。こんな素朴なひとときが、心に沁《し》みるほど美華は嬉しい。美華の口元についた汁を土屋が指で拭ってやると、「ありがとう」と彼女は照れながらも喜んだ。

二人は食事処を出て、ドライブを続ける。川の近くで車を止めて景色を堪能したり、あてどなく車を走らせているうちに、日が暮れてきた。

「そろそろ戻ろうか。道が混むかもしれないから、余裕を持って帰ったほうがいいだろ。途中で夕飯でも食べて帰れば、ちょうどいい時刻だ。ママにも怒られずに済むさ」

土屋は、約束の時間までに必ず美華を送り届けようと思っていた。

「そうね、今から戻れば絶対に大丈夫ね。……今日は、とてもリフレッシュできたわ。本当に楽しかった。どうもありがとう」

美華は土屋にそっともたれ、彼の頬にキスをした。車の窓に映る夕焼けを見ながら、美華は今日のこのドライブをずっと忘れないだろうと思った。

八王子を過ぎる時、ユニークな看板を見て、美華が無邪気に笑った。

「ねえねえ、『露天風呂つきモーテル』ですって。部屋ごとに露天風呂がついてるのかしら、なんだか胡散臭《うさんくさ》いわ」

「いや、温泉ってわけじゃなくて、普通に風呂沸かしてるんだと思うよ。でもここらへんだと、『露天風呂』って言ったら騙《だま》されちゃうんだろうなあ。……でも、興味はあるな、露天風呂つきモーテルって」

二人の目が合う。日が暮れ、暗い車の中は、やけに静かだ。モーテルで二時間ほど休んでも、夕食をしなければ、美華は時間までに帰ることができるだろう。土屋の大きな手が、美華の華奢な手を握り締める。二人の気持ちは通じ合っていた。土屋はモーテルへと、車を滑り込ませた。

二人は露天風呂を見て、少々驚いた。バスタブが部屋の外についているのかと思ったのだが、小さいが本物の温泉のように見える。湯も湧き出ているようだった。

「ただの風呂でも、本物の温泉でも、どちらでもいいや！　夜空も見えてムード満点だな。美華、一緒に入ろう」

月が綺麗な晩だ。美華は土屋に腰を抱かれ、コクリと頷いた。

二人は露天風呂に一緒に入り、月を眺めながら裸で抱き合い、舌を絡ませた。

「美華……綺麗だよ……月の光に照らされて……ますます肌が透き通って見える。ああ……」

美華の首筋に舌を這わせ、土屋が囁く。湯の中で美華は彼にしがみつき、豊かな乳房を押しつけた。身体の奥底から、土屋への思いが湧き出てくるのだ。彼は美華の身体を撫で回し、指を女陰へとしのばせた。熱い湯の中、彼女の花びらは粘つく液体を迸らせ、指を咥え込む。

「あああっ……あああんん」

愛しい土屋の指で秘肉を掻き回され、美華が喘ぐ。周りには決して見えないような造りになっているが、露天風呂で悩ましい声を出すというのも、なかなか刺激的だ。美華は土屋に秘肉を弄られながら、彼のペニスをそっと摑む。土屋のそれも、熱く猛っていた。

二人はドライブをしている時から、互いに疼いていたのだ。性的な言葉を口に出さずとも、互いに求め合っていたのだ。二人は情熱のまま、湯の中で抱き締め合い、口づけをする。美華は欲情していた。こんなにも身体が疼くなんて、自分でも不思議だった。娼館にいる時と身体が変わってしまったのかと思うほどに、芯から火照り、欲しているのだ。

湯の中で、美華は土屋の膝に乗っかり、座位の格好で彼のペニスを女陰に咥えた。猛る男根だけでなく、湯も少し流れ込んでくるのが、なんとも気持ち良い。

「あああんっ……あああ――っ」

逞しい肉棒を呑み込み、美華は欲望のままに腰を振る。いつにも増して情熱的な彼女に、土屋も激しく興奮した。猛る男根で秘肉を勢い良く突くと、美華は呆気なくイッてしまった。

「ううんっ……あああっっ」

湯の中で肌を染め、頬を紅潮させている美華が可愛く、土屋も射精した。満天の星空の下、美華の秘肉に精を迸らせる悦びを、彼は嚙み締めた。


風呂を出ると、二人は布団の上でも交わった。娼館とは比べものにならないほどの小さなモーテルで、美華は「一人の女」として、土屋に抱かれた。彼女は土屋の全身を、そしてボクサー時代の脇腹の傷をペロペロと丁寧に舐めた。美華は決して「好き」と口にしなかったが、全身でその言葉を発しているのが分かり、土屋は切なかった。

土屋は美華の髪を撫でながら思った。どうして美華は、あのような仕事をして多くの男に身体を汚されているのに、処女のような初々しさがあるのだろうと。決して口には出さないが、それは彼女を抱くたび思うことだった。自分の性器を丁寧に舐める美華からは、湯上がりの石鹼の香りが漂っている。彼女のみずみずしく清らかな肌をさすりながら、土屋に愛しさが込み上げ、それと同時に精液も込み上げてくる。土屋は美華の口の中に、精を迸らせた。

溢れ出る白い液を美華はしっかりと受け止め、ゴクリと飲み干した。

「美味しい……」

そう呟き、美華は湯上がりの肌を、いっそう艶やかに輝かせた。土屋のザーメンを飲み、それが自分の身体の一部になることが、彼女は嬉しかった。

愛らしい美華に土屋の欲情は止まらず、彼女に口淫されペニスはすぐに蘇《よみがえ》る。再び猛った肉棒で、彼は美華をバックから責めた。四つん這いの姿で、乳房をプルプルと揺らす愛らしい彼女に、土屋の情欲はいっそう募った。

「ああっ……あ――っ」

質素な布団の上で、美華は激しく悶え、悩ましく喘ぐ。熟れた秘肉はペニスを奥深く咥え込み、肉襞を絡ませて扱き上げる。土屋に抱かれる喜びで、美華の肉壺はますます具合が良くなり、名器になっていた。愛しい男と良いセックスをして、たっぷり可愛がってもらえれば、女は誰でも名器になれるのだ。

土屋に愛され、美華の身体はいっそう色っぽくなる。肌はより白く、乳房はより膨れ、全身から匂い立つようなフェロモンが滲み出る。彼と肌を合わせているだけで美華は幸せで、その幸福感が彼女の女としての魅力を増すのだ。今夜の美華は、娼館で派手なメイクをして全身にオイルやクリームを塗りたくっている時より、ずっとずっと女っぽく扇情的だった。

「すごく良かったよ……。今まで美華を何度も抱いたけれど、今夜が一番素敵だった」

精を出し尽くし、美華に腕枕をしながら、土屋が言う。美華は彼に寄り添い、しなやかな指先で、土屋の肌にそっと触れていた。

娼館に帰りたくない、このまま彼とずっと一緒にいたいという思いが込み上げ、美華を惑わせる。しかし彼女は理性でその感情を押しとどめ、口に出すのを堪えた。

美華は、土屋の腕の中で、安らぎに包まれながら、エクスタシーの甘い余韻に浸る。彼女は、娼館で働くようになって、セックスの意味が分からなくなってしまっていた。でも、土屋のおかげで、セックスの本来の意味が、また分かるようになってきた。美華は、彼の厚い胸に、頬を擦り寄せて甘える。

娼館で働くようになって、美華は客の男たちと何度も何度もセックスをした。初めの頃は、客とセックスするたび、美華の心はすり減っていった。心というものは、あんまり傷つくと、凍ってしまう。そして、凍ると、何も感じなくなる。手が霜焼けになったりすると、感覚が麻痺してくるのと同じだ。

美華はしだいに、心と身体が分離していった。そのうち、セックスなんてなんでもないと思うようになった。ペニスをヴァギナに突っ込んで、擦ってイク。ただ、それだけだ。どんな過激なプレイをしても、どんな珍しいプレイをしても、その先には、なにもない。美華は心を凍らせながら、娼館での仕事を続けた。

でも美華は土屋に抱かれながら思う。自分のこのような考えは、やはり間違っていたのではないかと。セックスって、肌の温もりが感じられる、こんなにも気持ちの良いものなのだ、本当は。美華の柔肌は火照り、土屋の精液をたっぷりと吸い取った女陰は乾くことなく潤っている。彼女は溢れそうになる涙を必死で堪えた。このまま泣いてしまったら、娼館で働き続けることができなくなりそうだったから。

二人は時間ギリギリまで布団の上で抱き合い、それから服を着て、土屋は美華を急いで送り届けた。どうにか門限に間に合い、彼は瑠璃子に怒られずに済んだ。土屋との店外デートのおかげで、美華は身体の芯までみずみずしく生まれ変わったようだった。

真性女王様

友梨はパワフルなセックスでも客たちの間で話題になった。背が高く、日本人離れした美貌の彼女はSMの女王もお手のもので、M男を虜にした。

「ほら、ちゃんと舐めなさい！」

黒いボンデージから伸びる美脚を男に舐めさせ、友梨は高らかに笑う。

「ああ……友梨女王様、幸せです……こんなに美しいおみ足を味わうことができて……」

M男は恍惚として友梨の足に舌を這わす。彼女はピンヒールの先で男の股間を踏み潰し、嘲るように言う。

「なによ、女の足を舐めて、こんなに勃起《ぼっき》するなんて！　変態！　お前みたいな男、気持ち悪いのよ！　ほら、ほら！」

友梨はヒールでM男のペニスをグリグリと潰す。それが痛くも気持ち良くて、M男は快楽の悲鳴を上げる。心ゆくまでペニスを押し潰すと、今度は素手で掴み、勢い良く捻《ひね》り潰す。

M男は絶叫しながらも、この快楽がクセになる。

「あああっ……あっ、あっ、あっ……友梨様……ああ――っ」

友梨の手でペニスを勢い良く擦られ、M男はすぐにでも射精してしまいそうだ。しかし友梨は男がイキそうになると、その寸前で手を止め、「きゃはは」と意地悪な笑みを浮かべる。寸止めを繰り返され、男がペニスをビクビク蠢かせてのたうつのを見ながら、友梨は可笑しくて仕方がない。Sッ気の強い彼女は、大金を払って自分に虐められにやってくる男が、笑ってしまうほどに愚かに見えるのだ。友梨は演技ではなく、心からの侮蔑の念を露わにし、M男を責め立てた。

「ほらあ！　なにオチンチン大きくしてんのよ！　虐められて勃起するなんて、変態！　変態！　変態！」

友梨は「変態」と叫びながら、M男に何度も蹴りをブチ込む。激しい痛みによるエクスタシーに、M男は身体の芯まで痺れそうだ。

「ああっ！　じょ……女王様、もっと……もっと、蹴って！　あああっ、ううう――っ」

男は身をくねらせ、マゾの快楽に没頭する。友梨に蹴飛ばされてカウパー液を迸らせるこのM男は、警視庁に勤めている。

「うるさいっ！　女王様にお願いするなんて百年早いっ！　ほら、お前みたいなワガママな豚、こうしてやるっ！」

友梨はM男の脇腹を思いきり蹴飛ばし、床に倒れたところに伸し掛かる。そして男の身体を押さえつけ、黒い革のパンティを脱ぎ、騎乗位で犯し始めた。弾力のある若々しい秘肉が、M男の大きな毛虫のようなペニスを呑み込んでゆく。

「ああっ……女王様！　すごい！　女王様のオマンコはすごいです！　あああっっ!!」

友梨は膝を立て、長い美脚を激しく動かし、腰を上下に揺する。彼女のザクロのような秘肉に、自分の肉棒が突き刺さっているのが丸見えで、M男は狂おしいほどに興奮した。

「あああ――――っ！　すごい！　女王様、イキます！　イッてしまいそうです！　あああ――――っ！」

Ｍ男の絶叫を聞きながら、友梨も高ぶり腰をパワフルに動かす。彼女の赫い秘肉は逞しいペニスをキュウッと咥え込み、食いちぎりそうな勢いで締めつける。

「ふんっ！　ふんっ！　どうだ、女王様のオマンコは！　すごいだろ！　スーパーマンコだろ！　どうだ！」

友梨は意地悪そうな笑みを湛え、膝を思いきり動かした。締まりの良い秘肉に男根が勢い良く擦れ、堪らぬ快楽が襲ってきて、Ｍ男は精を爆発させた。

「うううんっ……ぐうううっ……女王様」

雌豹《めひょう》の餌食《えじき》になったような感覚に襲われ、ひどい興奮の渦の中、Ｍ男は射精する。しかし友梨は不機嫌そうに舌打ちし、すぐに身を離してしまった。そして煙草を銜えて吹かしながら、気怠く言った。

「マゾのくせに勝手にイクんじゃないわよ。私まだイッてないんだからさあ！　お詫びに、私がイクまで、クンニしてもらうわ。舌が攣るまでガンバってよね。……ふふふ」

一仕事終え、友梨が広間に戻ると、娼婦たちが集まりヒソヒソ話をしている。なにやら険悪なムードということは分かった。友梨は素知らぬ顔で、メイドからワイングラスを受け取り、ソファへ深々と腰を下ろす。すると鏡子《きょうこ》という美華と同期の娼婦が、恐ろしい剣幕で突っ掛かってきた。

「ちょっと、あんた！　やってること酷《ひど》すぎない？　川村《かわむら》さんに何したのさ？　コソコソ電話番号訊き出して、いろんな客に掛けまくってるって本当なの？　汚いやり方で人の客取るんじゃないよ、この泥棒猫！　客取るなら取るでいいんだよ。でも、もっと正々堂々勝負すりゃいいじゃないか！」

　そして鏡子は、友梨の頰を思いきり叩いた。長年の客だった川村を奪われ、腸《はらわた》が煮えくり返っているのだろう。鏡子は嫉妬《しっと》を超えた怒りに取り憑かれ、理性を失っているようだった。叩かれた勢いで、友梨の手からグラスが滑り落ち、割れる。ほかの娼婦たちは、この余興をニヤニヤとしながら見ている。誰しも友梨を快く思っていないから、（もっとやれ！）と心の中で鏡子に声援を送っていた。

　気の強い友梨は鏡子を睨みつけ、言い放った。顔を叩かれて、友梨にも激しい怒りが込み上げてきたのだ。

「なにするのよ！　ふん、客取られるほうだって、何か原因があるんでしょ？　川村さん言ってたわよ、鏡子さんのこと。『あいつも歳取ってきたせいか、あれが良くなくなってきたなあ』って。『全身整形でもすりゃいいのに』ですって！　そんなふうに思ってる女を、いつまでも金払って抱きにくるわけないでしょ！　私がちょっかい出さなくたって、川村さん、貴女なんかいつか相手にしなくなったわよ！　取った私の責任にしないでよ。取られた貴女が悪いんだから！」

友梨のキツい言葉に、鏡子は顔面蒼白になり、そしてブルブルと震え出した。鏡子は友梨に飛び掛かり、床へと押し倒すと、髪を引っ張ってメチャメチャに顔を殴りつけた。

「いやあっ！　なにするのよ、このブスばばあ！」

殴られても侮辱の言葉を平気で放つ友梨に、鏡子の怒りはますます白熱する。

「うるさいっ！　お前だって、鼻の穴がデカくて、ゴリラみたいじゃないか！」

鏡子は髪を振り乱し、狂気がかったように友梨を殴りつける。娼婦たちは嬌声を上げ、「やれ、やれ」「調子に乗ってんじゃないよ、雌ゴリラ」と囃し立てながら見物していた。その時、友梨が割れたグラスの破片を振りかざし、鏡子の腕に突き刺した。

「きゃあああっ！」

衝撃的な痛みに、友梨を押さえつける鏡子が怯む。友梨は目を血走らせ、もう一度刺してやろうと、再び破片を振りかざした。「ゴリラみたい」と言われ、〝絶世の美女〟を自負している彼女は、狂気的な怒りに取り憑かれたのだ。鏡子の腕から血が噴き出し、思わぬ展開に娼婦たちも悲鳴を上げる。

「二人ともやめなさい！」

ドアが開き、緒形が入ってくる。緒形は二人を止め、引き離した。そして毅然《きぜん》とした口調で叱った。

「二人とも子供じゃあるまいし、いい加減にしなさい！　いいですか？　今回は大目に見ますが、また同じことを繰り返したら、次は厳重に対処しますよ。いくら売れっ子でも、この娼館の風紀を乱す者は、出て行ってもらいます。……分かりましたね？」

緒形の口調は丁寧だが、有無を言わせぬ凄味があり、友梨も鏡子も「はい」と項垂《うなだ》れた。

緒形はメイドを呼び、鏡子の腕の怪我を手当するように言い、ほかの部屋へ移動させた。そして友梨に向かい、「もう少し言動を慎むように」と注意した。友梨は「はい」と小さな声で答え、緒形が去るとソファに座り直し、仏頂面のまま乱れた髪やメイクを直し始めた。


「ねえ、もう行っちゃうの？」

セックスを済ませ、さっさと服を着るサトルを見ながら、冴子が不服そうな声を出す。サトルはいつもと変わらぬ調子で、冴子にウィンクを投げた。

「引き留めてくださるのは嬉しいんだけどさ、明日は午前中からお仕事なのよ。だから早く寝たいの。ごめんね」

おどけるように言うサトルに、冴子は髪を掻き上げ、口元を歪めて言葉を返す。

「……いいわよね。午前中から誘ってくれるマダムたちがいて。モテモテだもんね、サトル」

イヤミを含んだ冴子の口調に、サトルは苦笑する。そして、ベッドに引き返し、機嫌を取るかのように彼女に優しくキスをした。

「またくるよ。おやすみ」

そう言って、サトルは冴子の部屋を出た。冴子は独り残され、やりきれぬ思いで大きな溜息をつく。そしてベッドサイドに置いたブランデーの瓶へと手を伸ばし、口に含んで飲み下した。喉が焼けそうにカッと熱くなり、彼女は顔を少し顰めた。サトルのペニスの感触が、秘肉の奥深く、まだ残っている。

「バカみたい、私……。あんな男を本気で好きになっちゃうなんて。バカみたい……」

冴子は独り言のように呟きながら、ブランデーを喉に流し込む。仕事のストレスとサトルへの報われぬ思いで、冴子はこのところアルコールに依存するようになっている。それがいっそう身体と心を蝕むと分かっていながら、彼女は酒をやめられなかった。娼館の密閉された生活の中、冴子は未来に希望を持つことも夢を見ることもできなくなってしまったのだろう。刹那《せつな》的な暮らしを続けると、こうして心は退廃してゆく。

サトルは冴子のもとを離れ、いったん自分の部屋に戻ってシャワーを浴び、身繕いして、また別の女のところへ向かった。実の母、瑠璃子の部屋だ。瑠璃子は豪華なガウン姿で、サトルを迎え入れた。

「ママ、会いたかったよ……」

サトルは瑠璃子を抱擁し、熟れきった身体を撫で回す。瑠璃子は妖しく微笑みながら、息子の腕の中で身をくねらす。二人は、サトルが十五歳の頃から、ただならぬ関係であり、彼の初体験の相手は瑠璃子だった。

二人は互いの身体をまさぐり合いながら、ベッドへと向かう。瑠璃子もサトルも、親子のセックスが、最も気持ち良いのだ。彼らの関係は娼館では公然の事実であり、もちろん冴子もこの爛《ただ》れた親子関係を知っていた。それゆえ、サトルを愛することが、やりきれぬほどの苦しみだったのだ。

サトルは瑠璃子のガウンを脱がせ、真紅のスリップ姿にしてベッドに押し倒した。フランス製のシルクの下着は、スベスベと手触りが良い。サトルは瑠璃子の身体をまさぐり、耳元に息を吹き掛けた。

「ああん……サトル……」

瑠璃子は淫らに喘ぎ、実の息子の股間に手を伸ばす。

「ママは本当にイヤらしい女だな。実の子供のチンチンがそんなにほしいなんて」

そう言いながらも、サトルのペニスは既に隆起している。母親の甘い香りを嗅ぎ、滑らかな肌に触れると、パブロフの犬のように勃起してしまうのだ。夜の女だった瑠璃子は、彼が小さい時もそれは美しく艶めかしかった。少年時代、瑠璃子が客の男の下で喘いでいるところを目撃してしまったこともある。サトルにとって瑠璃子は母ではなく女で、初めてのオナニーも彼女を思い浮かべながら果てた。

一緒に暮らしているうち、狭い家に匂い立つ実母のフェロモンに我慢できなくなり、サトルは瑠璃子に襲い掛かった。瑠璃子は初めは抵抗したが、やがて瞳に淫靡な光を湛え、童貞のサトルのペニスを優しく導いた。「この時を待ってたわ」というような顔をして、瑠璃子は息子のペニスを咥え込んだ。あまりの興奮と気持ち良さに、少年のサトルは三擦り半で達してしまったが、瑠璃子はその間ずっと、彼の少し不自由な右手をそっと舐めていた。

瑠璃子もサトルも、互いに数えきれぬほどの異性と寝てきたが、この親子のセックスがやはり最高なのであった。それはきっと、最もタブーであるからだろう。禁忌を超えると、そこにはドロリと蜜を垂れ流す、甘い甘い快楽が待っているのだ。

「あぁん……サトル……意地悪しないで、早くちょうだい。サトルのオチンチン、早くママに挿れてよ……」

サトルは瑠璃子を焦らし、ゆっくりと彼女の下着を脱がせてゆく。四十八歳とは思えぬ、磨き上げた美しい裸体が現れる。肌の色艶といい、弾力といい、不老不死の薬でも飲んでいるようだ。乳房は上向きで、乳首は長いが可憐な薄桃色だ。

瑠璃子の肉体からは、多くの男たちを手玉に取っただけの、卑猥なほどのフェロモンが匂い立っている。そんな母親の身体をまさぐっているだけで官能的で、サトルのペニスは激しく勃起する。この息子との禁断のセックスも、瑠璃子の枯れぬ色気の秘訣なのだ。

「ああ……ママ、すごい。こんなに濡れている。……もう、ぐっしょりだね」

母親の秘部に手を伸ばし、サトルが溜息混じりに言う。瑠璃子は腰を浮かし、「見て」というように自ら股を開く。

(なんて淫乱な女だろう。実の息子にオマンコを見せたいなんて)

しかし瑠璃子のそんな淫乱さが、サトルの劣情をより掻き立てる。サトルは母親の足を摑み、荒々しく大股を開かせた。

「ああん……サトル……」

息子の前で秘肉を露わにし、瑠璃子が悶える。外国で買い付けてくる高価なクリームのおかげで、瑠璃子の女陰は年齢を感じさせぬほどのみずみずしいピンク色だ。息子にじっと見つめられ、中の赫い秘肉がピクピクと悦びの伸縮をして、蕩ける蜜を滴らせる。

「ママ、僕に見られて嬉しいんだろ。僕が中学生の時からそうだったよな。ママは僕にオマンコを見せたがったんだ。今でも覚えてるよ。僕の部屋に入ってきて、『オナニーする時は、ママのこの写真を見ながらしなさい。ほかの女の写真を見ながらしてはダメよ』って言って、自分の大股開きのヌード写真を置いて行っただろ。いやらしいデザインの、匂いつきのパンティと一緒に。ショックだったなあ、あの時」

「うふふ……でも、勃起したでしょ」

瑠璃子はサトルに秘肉を見せつけながら、淫蕩さ剝き出しで身をくねらす。

「ああ、したよ。チンチンが爆発しそうなほど興奮した。それから毎日、何度も何度も、ママのオマンコ写真見ながらオナニーしまくった。パンティの匂い嗅いで。チンチンが擦り切れるほど、扱いたよ。……ああ、ママ。僕を狂わせたのは、ママのこのオマンコだよ……ああ、いい匂いだ……」

サトルは瑠璃子の股間に顔を埋め、濃厚な雌の匂いを吸い込む。するとペニスはますます怒張した。サトルは瑠璃子の女陰に、舌を滑り込ませた。生臭い匂いと味が、彼の性感を痺れさせる。

「あぁっ……あぁんっ……サトル……舐めて……クリトリスも……あぁっっ」

サトルは言われたとおり、母親のクリトリスに唇を密着させ、チュッチュと吸い上げ、舐め回す。女陰を指で掻き回されながら、蕾に舌を這わされ、小水を漏らしてしまいそうなほどの快楽に、瑠璃子は悶えた。

「ママのオマンコは美味しいなあ……。臭みのある大トロを食べてるみたいだ。ううん……美味しい」

サトルは男根を猛らせ、母の股を喜々として舐め回す。

「サトル……挿れて……もう我慢できないわ。挿れて！　早く挿れて！」

瑠璃子は乳首を卑猥に突起させ、欲望を叫ぶ。サトルはニヤリと笑い、言った。

「挿れてほしいなら、ママ、僕のも舐めてよ。ほら、ママが大好きな僕のオチンチン、舐めてもっと極太にして」

サトルは瑠璃子の顔に、ペニスを突き出した。息子の逞しいペニスに瑠璃子は目を光らせ、うっとりとした表情でそれを頬張る。瑠璃子は息子の男根を咥え、愛しくてたまらないというように舐め回した。

「ふううん……サトルのオチンチン……美味しい。大きくて……太くて……ううううんっ」

猛る男根を頬張り、瑠璃子は鼻息を荒らげ、さらに高ぶる。サトルのペニスは母親の口の中で、さらにまた膨れ上がる。表向きは「通販化粧品会社のカリスマ女社長」、そして裏の世界では「名士が集う薔薇娼館の麗しきマダム」として崇《あが》められている瑠璃子の美しい顔が、息子のペニスを咥えて歪んでいる。サトルはひどくサディスティックな気分になり、瑠璃子の顔を摑み、イラマチオさせる。

（ママをこんなに乱暴に扱えるのは、俺だけなんだ。ママを従わすことができるのは、俺だけなんだ！）

そんな思いが、サトルの劣情をさらに煽《あお》る。彼は瑠璃子の口からペニスを引き抜き、彼女を押し倒して、再び大股を開かせた。そして猛り狂うペニスを、母親の秘肉へと埋め込んでゆく。

「あああ――――っ！　サトル、サトル！　ママ、気持ちいいわ！　あああっっっ！」

息子の逞しいペニスに、瑠璃子は乱れに乱れ、娼館に響き渡りそうなほどの絶叫を上げる。母親の熟れた秘肉の味わいに、サトルは涎を啜り、腰を打ちつける。

「ママ……僕も気持ちいいよ……うううっっ……ママのオマンコ、大好きだ……僕が生まれた故郷だもん……一番、ここが落ち着くんだ……くうううっっ」

自分が生まれ出たところにペニスを突き刺し、サトルは快楽を貪る。瑠璃子の肌の匂いが、女陰の感触が、彼を狂おしいほどに高ぶらせる。サトルは不自由なほうの手の人差し指を、瑠璃子の口へと突っ込む。瑠璃子は笑みを浮かべ、愛しそうに息子の指をしゃぶった。

どうして親子のセックスはこれほど気持ちが良いのであろうと、二人は身体を重ね合わせるたびに思う。瑠璃子の女陰は息子のペニスを奥深く咥え込み、まったりと揉み上げ、強く優しく締めつける。

「サトル……やっぱりママのオマンコが一番いいでしょう？　ママもサトルのオチンチンが……一番いいわ。……あああああっっ」

息子のいきり勃つペニスで突かれ、瑠璃子の秘肉は蕩け、奥深い快楽が込み上げてくる。母と息子は性器をグチュグチュと擦りつけ合い、舌を絡ませ唾液を啜り合う。この近親相姦の狂気がかった戯れに、二人は没頭し、絆をさらに強めてゆく。誰にも決して邪魔されぬ、異様に深い絆を。

揉め事

色々ありながらも薔薇娼館の営業は順調で、無事、新年を迎えることができた。年末、年始とパーティー続きで騒がしい日々が続いたが、一月も半ばを過ぎると普段と変わらぬようになる。美華も相変わらずのペースで、仕事をこなした。

その夜、土屋は約束の時間に娼館にきたが、美華はまだ支度が終わっていないようで、広間で暫く待たされた。コーヒーを飲みながら煙草を吸っていると、友梨が現れた。

「あらあ、土屋さーん！　お元気？」

友梨は馴れ馴れしい態度で土屋に近寄る。胸元の大きく開いたミニドレス姿で、彼にもたれ掛かるように座った。浴びるように振り掛けた香水の匂いが、鼻につく。

「やあ、お久しぶり」

土屋はそう言って、友梨からそっと身を離した。彼のよそよそしい態度が気に食わず、友梨はムッとする。友梨は土屋の指から吸いかけの煙草を奪い取り、それを口に銜え、彼に艶めかしい視線を送りながら吹かす。彼女の幼稚な行動を、土屋は可愛いとも思えず、苦笑した。

「なに、また美華さんに会いにいらっしゃったの？」

友梨の問い掛けに、土屋は頷く。友梨は煙草を燻《くゆ》らせ、心の中で舌打ちした。この娼館にきて三カ月近くが経ち、彼女は実は焦り始めていたのだ。入ったばかりの頃は、彼女の美貌が客の間でも評判になり、瞬く間に人気が出た。それなりの売れっ子になったのだが、友梨の悩みは「リピート客があまりつかない」ということだった。つまりは、物珍しさに友梨を指名して遊んでも、一度きりで終わってしまうということだ。

これは彼女にとっては誤算だった。ほかの娼婦の客に声を掛けまくり、奪ったように思っていても、二、三回友梨と遊んで、もとの女へ戻ってしまう客も多かった。これでは友梨の立つ瀬がなく、(私のほうが若くて美人なのに、どうしてなのよっ!)と内心、憤然としていたのだ。

そんな友梨が最も苦々しく思っていたのが、美華だった。三十路というのに、自分より明らかにルックスが劣るのに、相変わらずナンバーワンの薔薇娼婦であり続けている。友梨は、その事実が不思議で不思議で仕方なかった。自称〝絶世の美女〟である自分がベスト三に入ることができない悔しさで、友梨は酒に酔った勢いで、先日、皆の前でブチかました。

「この店にくる客ってさあ、ババ専とブス専ばっかりなのかしら! あーっはっは!」

友梨のそんな戯言《ざれごと》を聞きながら、美華は苦笑し、そして彼女がなんだか気の毒になった。彼女の悔しさが、分かるような気がしたからだ。この娼館に、友梨ほどの美貌を持った女性が、今までいなかったわけではない。しかし、そのような女たちが必ずしも成功するとは限らなかった。思ったほど人気が出ず、すぐにやめてしまった女もいたし、客を怒らせて顔をナイフで切られた女もいた。このような店では客に突然暴力を振るわれても、殺人などの事件に発展しないかぎりは、なかなか刑事沙汰にはできない。〝薔薇娼館〟は高級店で客も厳選されているが、何かの拍子で激怒させてしまったりした場合、そのような事件が起こらないとも限らないのだ。

美華はそのような出来事も知っていたし、目が覚めるような美人でも上手くいかなかった例を知っているので、友梨のジレンマが分かるのだった。このような仕事で長くナンバーワンでいるには、ルックスだけでは保《も》たない。そして、そこらへんの難しさに、友梨は今まさに対面しているのだろう。

友梨は焦りとともにムシャクシャしていて、美華に泣きっ面をかかせてやりたかった。あの憎ったらしい三十女をギャフンと言わせるにはどうすればいいのだろうと、彼女なりに策略を巡らせた。そして、土屋にちょっかいを出すのが一番いいように思ったのだ。土屋は美華に一途だし、美華も彼を好ましく思っているであろうことは、端から見ても分かる。店外デートをする仲だし、彼らのことは仲間内で噂にもなっていた。そこで自信過剰の友梨は、土屋に目をつけたのだ。

「ねえ、土屋さん、たまには私とも遊びましょうよ。……前から思ってたの、土屋さんって胸板厚くて、セクシーで素敵って。抱かれてみたい、って」

友梨は土屋の膝に手を乗せ、身を擦り寄せる。土屋は黙ってコーヒーを啜り、そして彼女の手をそっと除けた。

「俺は、美華が好きなんだ。今日も美華に会いにきた。……悪いね。ほかの男を当たってよ」

むげにされ、プライドの高い友梨は頭に血がのぼる。友梨は意地悪な笑みを浮かべて足を組み直し、腕を組んで言い放った。

「美華さん、貴男を待たせて、何してると思う？　今、鯨井和樹に抱かれて、よがっているわよ。ほら、政治家の鯨井さんの息子ね」

友梨の話に、土屋の顔色が変わる。彼の動揺が分かると、友梨は喜々として続けた。

「……ふん、この館の女を本気で好きになるなんて、バカげてるわ！　土屋さん、貴男、今、美華さんを好きって言ったわよね？　お気の毒様！　美華さん、二十歳の男の子に抱かれて、悶えているわ。ここの女なんて、結局は皆、そんなもんよ。貴男が騙されてるんだわ。……ねえ、だから美華さんなんか放っておいて、私と遊びましょうよ。自分で言うのもなんだけど、私、美華さんよりずっと肌も弾力あって、あそこの締まりもイイと思うのよ！」

土屋は友梨の手を振り払い、彼女を睨みつけた。唇が少し震えている。ボクサーあがりの彼の鋭い目つきに、友梨は口を閉ざす。これ以上言ったら、殴られるかもしれないと思ったからだ。

土屋はソファから立ち上がって友梨から離れ、窓際に行き、気を落ち着けるために煙草を吸う。友梨の話で気分が沈んでしまい、美華に会わずに帰ってしまおうかどうか、考えていたのだ。煙草を一本吸い終えるまでに、土屋はその答えを出すつもりだった。窓の外には、小雪がちらついていた。


その頃、美華は和樹と部屋の中で言い合いをしていた。本当は和樹は今日、予約なんてしていなかったのだが、「話がある」と無理に押し掛けてきたのだ。「美華様は今日は御予約がありますので」と緒形は丁重に断ったが、「十分ぐらいで話はつくから。すぐに帰るからさ」と和樹は言うことを聞かなかった。鯨井の息子なのでむげにすることもできず、緒形は「お時間は必ず守ってください」と渋々彼を通したのだ。

和樹は美華の腕を摑み、駄々をこねていた。

「いいだろう？　今度、外で会おうぜ。なんなら、ニューオータニのスイート、予約しとくよ。あのホテル、親父がよく使うから、俺も顔が効くんだ。で、トゥールダルジャンで鴨を食って、ロマネ開けようぜ。親父のツケで食事できるからさ」

彼は美華を店外デートに誘いたいのだ。美華は無言で、和樹の話を聞いていた。顔を顰め、困ったような表情を浮かべている。

「なんだよ、せっかく誘ってやってるのに、辛気くさい顔して。もっと喜べよ。俺みたいに若いイケメンが、ゴージャスなデートを申し込んでるんだぜ！……大学の女どもなら、泣いて喜ぶよ。嬉しさのあまり、気絶するかもな」

自信満々の和樹の発言に、美華は苦笑する。流行の服を着て髪を頻りに掻き上げる彼を見ながら、美華は思った。和樹の、その〝若いイケメン〟ぶりが、どうも自分は苦手なのだと。躊躇っているような美華に和樹は苛立ち、彼女を強引に抱き寄せ、唇を塞いだ。美華はもがき、彼の手を振り払った。

「いい加減にして！　あのね、私は若いから、ハンサムだからって、男を好きにはならないのよ。……もう時間よ。私、予約が入っているの。お願い、帰って」

和樹は唇を舐め、目を少し血走らせて、ニヤリと笑った。

「美華が好きになるのって、どんな男だよ。……知ってるさ、あの土屋って男だろ」

美華は無言のまま、腕を組む。押し殺したような和樹の声が、なんだか怖かった。

「友梨に聞いたよ。美華、土屋って男と店外デートしたそうじゃん。じゃあ、俺ともしてくれよ。……なんだよ、土屋ってのと、どこ行ったんだよ」

和樹の質問に美華は答えず、唇を嚙み締める。和樹は彼女の肩を揺すり、食い下がった。

「どこに行ったかって訊いてんだろ！　答えろよ！」

彼の剣幕に圧《お》され、美華は渋々答える。

「奥多摩のほうよ。ドライブしたの。自然を見たかったのよ。山を見て、川を見て、空を見て、雲を見て、紅葉を見て、ほうとうを食べたわ」

美華の報告を聞き、和樹は強張らせた顔を歪め、嘲笑を浮かべる。

「ははは……。なんだ、そりゃ。田舎モン丸出しのデートじゃん！　薔薇娼婦って呼ばれてる美華が、自然見て、ほうとう食ってんの？　うははは！　ウケるな、そりゃ。そんなデートを引き受けるなら、俺のゴージャスデートを受けないわけないよな！　なあ、そうだろ、美華」

和樹は美華の腕を摑み、激しく揺さぶる。美華は顔を顰め、拒み続けた。

「そうじゃないの……そういうことじゃないのよ……」

美華の態度に業を煮やし、和樹は彼女をソファに押し倒した。その時、美華が肩を手摺《てす》りの角にぶつけ、痛めた。しかし和樹はそんなことお構いなしに、美華に伸し掛かる。

「いや……いやあああっ！」

肩を痛めた美華は抵抗できず、必死で声を振り絞った。彼女の悲鳴は、ドアの外で待っていた緒形に届いた。そろそろ時間なので、様子を見にきていたのだ。緒形はドアを勢い良く開け、和樹を美華から引き離した。

煙草を吸い終わり、土屋は帰ることにした。美華に会いたいのは山々だが、友梨の話が心に残ってしまい、彼女の前で沈んだ顔をしてしまいそうだからだ。

（ミドル級世界チャンピオンにまでなった俺がな……。美華のことになると、てんで気が小さくなっちゃうんだよな）

そんな繊細さが自分でも忌々しく、土屋は苦笑した。広間にはしだいに人が集まり始め、冴子や麻衣もやってきた。土屋は彼女たちに挨拶し、友梨とは目を合わさないようにして、広間を静かに出た。その時、廊下の奥の部屋から大きな怒鳴声が聞こえ、緒形が和樹を追い返すのが見えた。

「なんだよ！　ジジイ、その態度はよ！」

「いくら鯨井様の御子息でも、約束は約束です。お時間が過ぎましたので、帰ってください。美華様はこの後、御予定がありますので」

和樹は血気盛んに、「てめえ！」と悪態をつきながら緒形に摑みかかっている。見かねて土屋が声を掛けた。

「どうしたんだ？」

土屋に気づき、緒形は「なんでもありません」というように頭を下げ苦笑したが、和樹は胸ぐらを摑む手を緩めない。その時、ドアが開き、美華が中から出てきた。

「あ……」

土屋と鉢合わせをして、美華が気まずそうに言葉を失う。和樹と揉めた後の姿を、彼に見られたくなかった。和樹は美華の態度を見てニヤリと笑い、緒形から手を放して、土屋に向かって言った。

「ああ、あんたが土屋さんか。俺、鯨井和樹です。公民党党首の鯨井泰造《たいぞう》の息子です。はっきり言います。美華に相応《ふさわ》しいのは、あんたじゃなくて、俺みたいな男ですよ。それに、土屋さん、四十いってますよね？　俺みたいに若くて精力絶倫の男のほうが、女盛りの美華を喜ばすこと、できますもん。俺に抱かれて、美華、いつもヒーヒー言ってますよ」

和樹の無神経な発言に、美華は目眩《めまい》を覚え、倒れ込みそうになる。土屋は奥歯を嚙み締め、和樹の胸ぐらを摑むと、拳を振り上げた。

「おやめなさい！」

その時、瑠璃子が土屋の手を制した。張り詰めるほど緊迫した空気が、緩む。土屋は和樹を睨んだまま拳を下ろし、和樹は紫色の唇を微かに震わせていた。

「こんなモヤシみたいなコ、元世界チャンピオンの貴男が殴ったら、頭蓋骨まで割れてしまうわ。やめときなさいな。……和樹君も、大人には言葉を慎みなさいね。大人ってのはね、そのぶん長く生きてるんだから、若い人では敵わない色々なものを持ってるのよ。若い男が大人の男に比べて勝ってるなんてこと、まったくないの。それは男だって女だって、皆、同じ。……まあ、私が言ったこと、貴男も大人になったら、よく分かるわよ。『あの頃は俺も青かったな』って、今夜のことを恥じ入りながら思い出すわ、いつか」

瑠璃子の威厳ある言葉に、一同はシーンとなる。

「今日のことはお父様には言わないから、早くお帰りなさいな」

瑠璃子に言われ、和樹はバツの悪そうな顔で、足早に去っていった。気まずそうに目を合わせようとしない土屋と美華に、緒形が深々と頭を下げる。

「お騒がせしてしまい、たいへん申し訳ありませんでした。ブランデーとフルーツの盛り合わせを、すぐに用意致します。美華様のお部屋で、お待ちいただけますでしょうか」

土屋は乗り気になれず、努めて明るい表情と声を作り、丁寧に断った。

「悪いね。今日は帰るよ。ゴタゴタして、美華も疲れてるみたいだし。顔色が少し悪いから、寝たほうがいい。美華をゆっくり寝かせてやってくれ。……あれ、肩、どうかしたか？」

美華が頻《しき》りに肩をさすっているのに気づき、土屋が訊く。

「ええ……さっき、ソファの手摺りにぶつけたの。まだちょっと痛くて。湿布でも貼っておけば大丈夫だろうけれど」

　美華の肩は、熱を帯び始めていた。

「だったら、よけいに休んだほうがいい。本当に大丈夫か？　骨にヒビが入ってるかもしれないから、念のため、医者に診てもらうか」

　土屋は心配し、美華の肩にそっと触れ、「どこが痛いか？」と訊ねる。

「そうですね。お医者様、お呼び致します。私、電話をして参りますので、土屋様、美華様をお部屋にお連れいただけますか？」

　緒形は土屋に美華を任せ、急いで電話を掛けに行った。土屋は美華の肩をいたわりながら、瑠璃子に礼を言った。

「ありがとうございました。あの時、止めてもらわなかったら、あの坊や、ぶん殴って傷害沙汰になっていたかもしれません」

　殊勝な土屋に、瑠璃子は笑顔で答えた。

「いいのよ、気にしないで。私が土屋ちゃんでも、あんな言い方されたら、ぶん殴ってやろうと思うわよ、きっと。……でもよかったわ、今日は早く帰ってきて。美華を巡る男たちの、熱い闘いを見ることができたもん！」

　瑠璃子は囃し立てるように言い、舌を出す。彼女の茶目っ気でムードがすっかり和み、美華にも土屋にもいつもの調子が戻ってくる。二人は瑠璃子に何度も礼を言い、美華の部屋へと向かった。医者の診察が終わり、美華が寝つくまで、土屋は彼女の傍にいてあげるつもりだった。

拷問地獄

和樹のことがあり、瑠璃子は鯨井に気遣った。

「タチバナと麻衣の二人をお貸ししますので、時間を忘れ、楽しんでいらっしゃってくださいな。お代金はもちろん、けっこうです。この店外デート、私からの心ばかりのプレゼントですわ」

瑠璃子の申し出を、鯨井は顔を真っ赤にして喜び、息子のことはさっさと水に流した。

鯨井はタチバナと麻衣を連れて六本木ヒルズで食事をした後、ロシア大使館近くのＳＭホテルへと向かった。タチバナと麻衣に挟まれてタクシーに乗っている時から、彼の股間は熱を帯びていた。

ＳＭホテルで鯨井たちは〝拷問《ごうもん》地獄〟というおどろおどろしい名前の部屋を選び、三人で入った。レストランなどでは二人を連れ、威厳ある態度を取っていた鯨井だが、部屋に入ったとたんにM性が全開になる。彼は床にひれ伏し、頭を擦りつけて、タチバナと麻衣に奴隷《どれい》の挨拶をした。

「未熟者の奴隷ですが、お二人で心ゆくまで可愛がってくださいませ。どうぞよろしくお願い致します」

マゾッ気たっぷりの鯨井に、タチバナと麻衣は顔を見合わせて微笑んだ。二人は鯨井に蹴りを入れて床に倒し、ブーツのヒールを彼の身体に食い込ませた。

「あああっっ……ひいいっ……ああ、気持ちいい……です……ひいいいいっっ」

鯨井は床で蠢きながら、二人の麗人を見上げる。タチバナは黒いパンツスーツ、麻衣は白いスーツ姿だ。ボンデージではなく普通のOL風の格好が、逆に悩ましい。大柄なタチバナと小柄な麻衣に同時に責められ、鯨井は堪えきれずにカウパー液を滲ませた。

二人は鯨井をさんざん踏みつけると、高価なスーツを毟り取り、トランクス一枚の姿にした。先走る液体が、下着に既に染みを作っている。SM部屋に常備されている足枷を手に持ち、タチバナは高らかに言った。

「ほら、四つん這いになりなさい！　お前は雄犬だよ！『きゃん』って鳴くんだよ！」

そして鯨井に伸し掛かり、彼の足に枷をつけ拘束してしまう。彼は四つん這い姿で足の動きが取れず、「きゃあああん」と不安そうに鳴いた。

「ふふ……お前は老人だけれど、ムッチリといい尻をしてるね。たっぷりこの尻を可愛がってあげるよ」

タチバナは鯨井の尻を撫で回し、そしてトランクスをも脱がしてしまった。二人の麗人の前でアナルが全開になり、羞恥に鯨井は身悶え、カウパー液をさらに垂れ流す。

「今日は私がお前にお浣腸してあげるわよ。このお尻に、たっぷり注射してあげるわ」

大きなガラスの浣腸器を手に、麻衣が艶然と微笑む。元バレリーナの麻衣は華奢で、首が細くて長く、顎が小さい。麻衣はショーではいつもM女の役割だが、その尖った身体の造形はS女としても魅力を発揮するのだった。麻衣は手にした浣腸器を、鯨井のアナルに突き刺した。

「ううう……あああっ……」

ガラスの浣腸器のひんやりとした感触に、鯨井が身を捩る。湯で薄めた浣腸液がググッと肛門に注入されると、彼のペニスもそれに応じて勢い良く猛った。

「ははは！　こいつ、浣腸されてチンチンをおっ勃ててるよ！　変態だねえ！　お前は変態雄犬だ！」

タチバナは鯨井を指さし、嘲るように笑う。

「はい……申し訳ありません……ああ、感じて……しまうのです……はあああっっ」

鯨井は四つん這いで尻を突き出し、浣腸の快楽に、身をくねらせて悶え続ける。浣腸液が腸に浸透するごとに、ペニスからカウパー液が滲み出てしまうのだ。元バレリーナの麻衣に浣腸されているところを、タチバナに見られているという状況も、また彼をいっそう高ぶらせる。

「お前のアナルは本当にイヤらしいわねえ。お浣腸液をどんどん呑み込んでくよ……」

鯨井のどす黒いアナルに浣腸を差し込みながら、麻衣もまた興奮していた。いつもMばかりしているからか、男を責めるのもたまには愉しいのだ。

「うがっ……ううっ……もう、もうダメです！　ああっ……苦しくなってきました……うががっっ」

三リットル以上の浣腸液を呑み込み、腹をカエルのように膨らませ、鯨井が苦悶の声を出す。逆流噴射されても困るので、麻衣は浣腸する手を止めた。

「なに？　ウンコが出そうか？　ふふ……限界まで我慢おし！　我慢して我慢して、お前がやっとの思いで糞をひねり出すところを、私たちが見てやるよ！　ほら、それまで舌奉仕しろ！」

タチバナは鯨井の前で仁王立ちになり、ズボンをズリ下げ、黒光りするペニスを露わにした。鯨井は目を潤ませ、タチバナのペニスにしゃぶりつく。浣腸液が、彼の腹の中を洪水のように駆け巡っている。しかし凄まじい便意を堪え、全身を震わせながらフェラチオするのは、また格別だ。

四つん這いの鯨井のペニスからカウパー液が垂れ落ち、床に溜まる。鯨井は全身に汗を滴らせ、タチバナのペニスを夢中でしゃぶった。倒錯した快楽と、怒濤《どとう》のような便意が、彼を物狂おしいほどに掻き立てる。鯨井に舐め回され、タチバナの肉棒もみるみる怒張した。

「ううう っ……ふぐううう っ……ああっ！　お許しください……出そう……出そうです……ぐわあああっ」

口からペニスを引き抜き、鯨井が顔を真っ赤にして歯を食い縛る。彼の目は血走り、全身がブルブルと震えている。タチバナは目を爛々と光らせて笑い、鯨井につけた足枷を取ってやった。そして麻衣が持ってきた洗面器を指さし、叫んだ。

「ははは、そんなにウンコがしたいのか！　じゃあ、洗面器に跨ってやれ！　お前が臭いウンコしてるところ、私たちが見てやるよ！　さあ、やれ！　私たちの目の前で、ウンコしてみせろ！」

鯨井は立ち上がることもできず、這いつくばったまま洗面器へと急ぐ。吐き気を催すほどの便意で、彼の顔は赤みが引いて蒼白になっている。鯨井は洗面器に跨り、観念したような表情で目を瞑った。

ぶしゃ――――っ。ぶりぶりぶりぶりっ。

音を立て、鯨井の肛門から糞が噴き出す。

「ははは、臭いぞ！　お前、恥ずかしくないのか、人前でそんなに大量にウンコたれて！」

「きゃー、汚い！　大の男がお漏らしするなんて！　みっともなーい！」

タチバナと麻衣は鼻を摘み、指を差して、鯨井を嘲る。彼は羞恥に歯を食い縛り、目に涙を浮かべる。しかし、麗人たちに脱糞姿を見られる興奮で、ペニスは猛ってしまう。鯨井は糞尿を垂れ流しながら、男根をズキズキと疼かせ、怒張させた。

「お前、ウンコしながら勃起してんじゃないよ！　この変態！」

侮辱の言葉は、鯨井にとっては甘美なる御馳走である。脱糞姿を馬鹿にされ、鯨井はマゾ全開で下半身を滾らす。猛り狂い、ビクビクと蠢く赤黒いペニスを、タチバナと麻衣は思いきり嘲った。

脱糞が終わり、シャワーを浴びて身を清めると、鯨井は再びタチバナのペニスに舌奉仕した。四つん這いになり、仁王立ちのタチバナの肉棒を口に咥え込む。先端、カリ首、竿、裏の筋、そして根元まで丁寧に舐め回され、タチバナのペニスは膨れ上がった。

「ううん……美味しいです……ううう……あぁっ……おおおおっっ」

四つん這いの姿で、鯨井が激しく身を捩る。麻衣が彼のアナルに指を入れ、前立腺のマッサージを始めたからだ。脱糞後のアナルは空洞のようになっていて、感度もいっそう増すのだった。

「ああっ……いい……気持ちいいです……はああっ」

前立腺を弄られ、鯨井のペニスはみるみる怒張する。彼はタチバナの肉棒を口に含んだまま、麻衣の指をアナルに呑み込み、快楽に尻を振った。ペニスの先から、カウパー液が溢れ出る。

タチバナは鯨井の口から肉棒を引き抜き、彼の脇腹を蹴飛ばして床に倒し、仰向けに寝かせた。二人の麗人に侮蔑の笑みを浮かべて見下ろされ、鯨井の股間はますます滾る。タチバナは一服しながら、彼の赫黒い男根をブーツのヒールで踏みつけた。

「変態！　浣腸されて、人前で脱糞して、肛門に指を突っ込まれて、こんなに勃起するなんて！　お前は本物の変態だ！　ほら、お前の変態チンポ、こうしてやる！」

タチバナはそう叫びながら、鯨井の男根をヒールでグリグリと押し潰す。

「ああっ……タチバナ様……イク……イッちゃいます……あああっっっ！」

激しい痛みが強い快楽となり、鯨井の下半身を痺れさせる。精液が込み上げ、彼はペニスを踏みつけられたまま達してしまいそうだった。

「あら、自分ばっかり気持ち良くなるなんて、ダメよ。変態さん」

麻衣はクスリと笑い、スカートを捲《まく》り上げてパンティを脱いだ。タチバナが、鯨井の股間から足をどける。膨れ上がり、赫黒くビクビクと蠢くペニスに、麻衣は舌舐りする。そして鯨井の下半身に跨り、腰を沈めていった。麻衣の小さな女陰が、猛る男根を深々と咥え込む。

「あああああっ……ひいいいっ」

あまりの締まりの良さに、鯨井は思わず悲鳴を上げる。元バレリーナの麻衣は薄笑みを浮かべ、両膝を立て、軽やかに身を動かした。狭い女陰にキュウッと挟まれ、ペニスが扱かれる。その膣圧たるや手淫の比ではなく、鯨井は目を白黒させて身悶える。たちまち精液が噴き出してしまいそうだ。

麻衣は騎乗位で鯨井のペニスを膣に挿れたまま、大きく後ろへと海老反った。そしてブリッジのような体勢で、今度はタチバナのペニスを口に咥えたのだ。アクロバティックな体位で、麻衣はセックスとフェラチオを同時にする。元バレリーナだけあって、身体が柔らかいのだ。彼女は身を仰け反らせ、器用に膣で男根を締めつけ、口でペニスを舐め回した。

「うおおおっっ……すごい！　すごい！」

自分の男根を秘肉に埋め込んだまま、海老反ってタチバナのペニスを咥える麻衣の姿に、鯨井は震え立つほどの興奮を覚えた。全身に快楽の痺れが走り、脳髄が蕩けてゆきそうだ。

麻衣は海老反りながら、ペニスをキュッキュと締めつける。麗人タチバナは麻衣にペニスを舐められ、満ち足りたような笑みを浮かべている。

このあまりにも妖しい宴に、鯨井は戦慄《せんりつ》を覚えた。そして強すぎる官能の中、彼は精を噴き出した。

「ぐううっ……すごい……ぐうううううっっ」

ペニスが爆発しそうな勢いで、ザーメンが飛び散る。目の前に火花が散るほどの快楽に、鯨井は白目を剝き、涎を垂らした。

揺らめく女心

寒さが和らぎ、娼館の窓にも、春の陽差しが入り込んでくるようになる。美華は窓辺にもたれ、ぼんやりと思いをめぐらせていた。昨夜、緒形も交えて瑠璃子と話をしている時、不意に訊かれたのだ。

「美華は、将来はどうするの？」

と。黙ったままの美華に、瑠璃子は笑みを浮かべて言った。

「美華は無駄遣いもせずに、お金貯めてるもんね。何かしたいことがあるなら、応援するわよ。美華、前、言ってたじゃない。『お金貯まったら、エステでも開こうかな』って。私が通販の化粧品会社を興したように、美華も好きなことしなさいよ。でも、私としては、長くここにいてほしいな。私の片腕になって、この館を切り盛りしてほしいの。娼婦ではなく、経営のほうで。それをしながら、ほかにエステのお店したっていいじゃない。ね、考えておいて。無理強いはしないけれど、暫くは美華にここにいてほしいのよ」

瑠璃子が自分を気に入っていて、頼りにしてくれているのは嬉しい。しかし美華は、自分の将来に対して、やはり思い悩んでしまうのだ。親の借金を返し終わり、彼らが当分暮らしていけるほどの金を送ったので、貯金があるといってもそれほど多くは残っていない。しかし、小さなエステを開けるぐらいの金額はある。瑠璃子や長年の客に頼れば、軍資金を出してもらうことも可能だろう。

しかし、美華はそれでいいのかとも思うのだ。瑠璃子や客の好意に、ずっと甘え続けるわけにはいかないのではないかと。この娼館の生活が彼女は嫌ではないが、ずっとこの世界の中で生きていくには、息苦しいようにも思うのだった。それに……美華は三十歳だ。結婚についても、まだ漠然とした憧れがある。

（この世界でずっと生きてゆくのなら、結婚は諦《あきら》めなければ）

そんな思いが、美華を悩ませるのだった。すべてを諦め、この世界に身を埋めようと決意するには、彼女はまだ若いのだ。

美華がこんなふうに物思いに耽っていると、冴子が広間に入ってきた。ワインのボトルを手に、昼間から酔っているようだ。ソファに座り込み、独りでヘラヘラ笑いながらワインをラッパ飲みする冴子を、美華は心配した。

「ねえ……前から言おうと思ってたけれど、冴子、飲みすぎじゃない？　昼間からそんなに酔ったら、仕事に差し障りが出るでしょう。冴子に会いにやってくるお客様方に悪いと思わない？　貴女、まさか依存症になってるんじゃないの？　大丈夫？」

冴子は美華の忠告にも耳を貸さず、ワインをガブ飲みして、自棄のように笑い続ける。仲間のそんな姿に、美華は溜息をついた。

「もう、なんかね、飲まなきゃやってられないのよ！　バッカバカしくてさ！　だって、私たちって、毎日毎日、同じことの繰り返しじゃない！」

冴子の言いぐさに、美華は苦笑する。毎日、同じことの繰り返しというのは、もっともだからだ。冴子は続けた。

「昼頃に起きて、お風呂で身体を磨き上げて、メイドに全身にクリーム塗ってもらって、化粧して、ドレスアップして、客を待って、客と当たり障りのない話して、客と遊んで、セックスして、またお風呂入って、寝て。……私さあ、そんな生活、五年以上やってるの。結婚もせず、子供も作らず。いい加減、嫌になってくるよ。不毛なんだもん、ここの生活って。高級娼婦の生活って、もっと楽しいと思ってたよ。贅沢できて、いろんな男からチヤホヤされて。私だって、地位も金もある男たちから可愛がってもらえるの、楽しかったんだよ、初めは。でも……それに慣れちゃうと、麻痺してくるんだよね、感覚が。ここでは、結局すべてがゲームなんだ。なんでも金で買えて、金で片がついちゃうの。私、虚《むな》しくなっちゃったんだよね、すべてが」

冴子の目は潤み、唇は少し震えている。彼女の顔から笑みは消え、強張っていた。

「だってさあ、無邪気に男を愛することだって、ここにいては無理なんだもん。……哀しいよね。虚しいよね」

冴子は呟き、ワインを勢い良く喉に流し込んで、少し噎せた。「サトルのことで悩んでいるのね」と口に出掛かったが、美華はそれを呑み込んだ。

美華には、冴子の気持ちが分かるのだ。高級娼婦のような生活を心から楽しめる女というのは、「ひたすら贅沢を愛し、男を決して愛さない女」なのだ。宝石や札束や毛皮に囲まれているのが一番幸せで、すべて計算尽くで、金だけを信じている女だ。

しかし、男を本気で好きになってしまうと、女というのは変わってしまう。宝石や毛皮やブランド品が、突然ガラクタのように見え始める。着飾った自分の中身が、どれだけ空っぽなのかということに気づいてしまう。豪華なディナーやパーティーにときめいていたのが、急に退屈になってしまう。

そうなると、高級娼婦という仕事が実に無意味なように思えてきて、ジレンマに陥ってしまうのだ。

冴子はおそらくサトルを本気で愛してしまい、発展性のない恋と仕事の狭間《はざま》で、悩み苦しんでいるのだろう。美華は冴子に、「サトルはやめときなさいよ」と言おうかと思った。でも、ソファにうずくまって頭を抱え込んでいる彼女を見ると、言えなかった。

どんな客を好きになるより、サトルに惚れるのは危険なことだ。瑠璃子とサトルの関係を知っていれば誰でも分かる。あの二人の間には、誰も決して割り込むことができないからだ。

客を好きになれば、身請けをしてもらって、愛人として囲ってもらうことも可能である。そうやって身請けされ、娼館を巣立っていった娼婦も大勢いる。愛人の立場でもいいというなら、そのような人生を選ぶこともできる。しかし、惚れた相手がサトルでは、あまりに不毛だ。冴子の絶望が、美華は理解でき、それゆえに彼女がとても心配だった。

「冴子、あまり深く考えないで。何か悩みがあるなら相談に乗るから、言ってね。胸の支《つか》えを話してしまえば、ラクになると思うから」

美華は冴子の肩を優しくさすり、言った。冴子は泥酔しているようで、俯《うつむ》き、何も言葉を発せずに頷くばかりだ。このまま、眠ってしまいそうだ。美華はそっと広間を出て、メイドに「冴子がひどく酔っていて、気分も落ち込んでいるみたいだから、注意して。それとなく見ていてあげてね」と告げると、自分の部屋へと戻った。

部屋で独りになると、美華にも寂しさが込み上げた。冴子が言った「不毛な生活」という言葉が、美華の身にも沁みるのだ。ここで働き、金を稼ぐことはできたが、そのぶん多くのことを犠牲にしてしまったように思える。美華はソファの上で膝を抱え、やりきれぬ思いを噛み締めながら、暫しぼんやりとしていた。

携帯電話が鳴り、メールが届いたことを知らせてくれる。着信音で土屋からのメールと分かり、美華は急いで見た。

「美華、元気か。この前の夜は、ありがとう。楽しかったよ。身体に気をつけてな。無理するなよ」

相変わらず短いメールだが、彼の優しさが胸に沁み、美華は心がほんのりと温かくなる。と同時に、顔も知らぬ土屋の妻子のことがふと気になり、色づいた心に影が差す。彼の妻子のことは瑠璃子に聞いたり、週刊誌を読んで知っている。土屋がボクサーになってすぐ、二十歳の頃に結婚した、一つ年上の女性とのことだ。二人の子供は、どちらももう高校生だという。土屋の妻は、彼の現役時代をずっと支えていたのだ。きっと、二人の絆は強いだろう。美華はそう考え、溜息をつく。

土屋は家族のことを、美華にほとんど話さなかった。

「女房とは、もう三年以上、セックスしてないよ」

そうポツリと言ったことがあるが、このような場所に遊びにくる男は誰も同じようなセリフを口にするので、美華は土屋の言葉を鵜呑みにはしていなかった。しかし土屋の態度を見ているうちに、美華はしだいに、それは本当なのかもしれないと思うようになった。

「子供が高校を卒業したら、女房と別れたい」「美華を身請けしたい」と土屋が頻繁に言うようになったからだ。

それが、土屋の家庭に対する不満なのか、美華に対する本気の思いなのか、彼女もハッキリは分かりかねる。おそらく土屋は、長年の夫婦生活に倦怠を感じ、些細な不満が積もっていた時に、美華に巡り会ってしまったのだろう。

色々なことを考えればキリはないが、人間とはエゴイスティックな生き物である。土屋の妻子には悪いと思いながらも、美華にとって今もっとも頼りになるのは彼なのだ。土屋のおかげで、美華はどれだけ精神的にも助かっているだろう。心に芽生える罪悪感を払いのけ、美華は彼に返事のメールを打ち始める。

土屋とメールの交換をすることが、どれほど彼女を癒してくれているだろう。そして土屋だって心の拠りどころになるのは、今は妻ではなく美華なのだった。

ナースにお仕置き

三月も終わる頃、美華は体調を崩して、寝込んでしまった。ナンバーワンであり続けることの責任や重荷に、美華は時折耐えられなくなることがあるのだ。予定が詰まっていて予約が取りづらい彼女に、「生意気だ」と言う客もいる。友梨は相変わらず仲間の娼婦と揉め事を起こし、そのたびに館に嫌な噂が流れ、美華の耳にも入ってくる。日に日に憔悴《しょうすい》してゆく冴子も気になり、美華は精神的に落ち込んでいった。色々な気苦労が重なり、倒れてしまったのだ。

「大丈夫よ、心配しないで。病気じゃなくて、ただの疲れだから。一日ゆっくり眠れば治るわ」

美華はそう言ったが、瑠璃子は馴染みのクリニックからナースを呼ぶことにした。疲労の溜まっている美華に、ビタミン点滴を打ってもらおうと思ったのだ。

ナースはすぐに到着し、美華に点滴を始めた。プラセンタとビタミンB群・ビタミンC・アミノ酸・ブドウ糖液がカクテルされたもので、滋養強壮効果だけでなく美肌効果もあるのだ。美華はナースに腕を差し出した。しかし、彼女の血管が細いのと、ナースが新人だったため、針がなかなか入らない。初め左腕に刺したが入らず、右手にどうにか針を刺すことができた。点滴は三十分ほどで終わり、美華の顔色も心持ち良くなったが、左腕を見て愕然《がくぜん》とした。針を刺すのに失敗したため、大きな内出血ができてしまったからだ。左腕に広がるドス黒い内出血を見て、ショックを受けたのは美華よりも瑠璃子だった。

「ちょっと貴女！　うちの大切なナンバーワンになんてことするのよ！　こんな痕《あと》ができたら、仕事にだって差し障りが出るじゃない！　こんなひどい内出血、一日やそこらで消えっこないわ！　どうするのよっ！」

瑠璃子の剣幕に新人ナースは怯え、涙ぐみながら「申し訳ありません」を繰り返す。美華は見かねて言った。

「いいわよ、ママ。私、もともと血管が細くて針が入りにくいし、内出血しやすいタイプなんだもの。いざとなったら、ファンデーションを塗って隠すわよ。だから、新入りの看護婦さん、あまり怒らないであげて。誰にでも失敗はあるわ」

しかし、美華の願いも虚しく、瑠璃子の怒りは治まらない。

「美華、あんたは人が良すぎるのよ、黙ってらっしゃい！……ねえ、今までクリニックから何度も看護婦さんにきてもらって、点滴や注射をしてもらったけれど、こんな内出血作った人、貴女が初めてよ！　いくら新人だからって、ひどくない？　ちゃんと学校で勉強したんでしょ！　新人っていったって、貴女はプロのナースのはずよね？　ほら、見てよ、美華の白い肌に、こんなドス黒い痕が広がってゆく……。ああ、もう許さないわ！　貴女、ちょっといらっしゃい！」

泣きベソを掻いているナースの腕を掴み、瑠璃子が引っ張ってゆく。美華と緒形は「やれやれ」といったように顔を見合わせた。瑠璃子は一度怒りに火が点くと、なかなか治まらないタイプなのだ。

瑠璃子はナースを無理矢理ＳＭ部屋へ連れてゆき、中へ閉じ込めた。

「いや……な……何するんですか……」

若く初々しいナースは本気で怖がる。瑠璃子はナースの頬をピシッと打ち、部屋で待っていた客に向かって言った。

「ねえ、麻衣の替わりに、今日はこの娘でどう？　季節の変わり目かなんか知らないけれど、麻衣も今日は具合があまり良くないのよ。ハードＭできる状態じゃないのよね。……ね、この娘でいいでしょ？　なんてったって素人よ。御覧のとおり、ナース。ピッカピカの新人で、美華に点滴して腕にこんな大きな内出血を作ったのよ！　ね、許せないでしょ？　國分《こくぶ》さん、イジメちゃいましょうよ、この娘。私も一緒に、二人がかりでさ！」

國分と呼ばれた客はニヤリと笑い、怯えきって震えているナースを舐めるように見た。娘はショートカットで、垂れ目で頬がふっくらしており、なかなかグラマーな小麦色の肉体をしている。いつも華奢な麻衣を虐めているから、たまにはこのような娘も味わってみたいと彼は思った。

「いや！　いやああっ！　きゃあ――――っ！」

嫌がり泣き叫ぶナースを、瑠璃子と國分は二人がかりで磔台《はりつけだい》に括りつけてしまう。怯えきって嗚咽《おえつ》するナースに、國分は舌舐りした。

「お前、名前はなんて言うんだい？」

鞭を軋《きし》らせ、瑠璃子が訊ねる。ナースは本気で恐ろしがっているので、言葉がなかなか発せられない。

「名前はなんて言うのかって訊いてるんだよっ！」

瑠璃子が鞭を振り上げナースを叩いた。

「きゃあ――――っ！」

ナースは絶叫し、震え上がる。瑠璃子は実は手加減して打っているのだが、ナースはこの状況が怖くて仕方ないので、痛みも倍に感じてしまうのだろう。ＳＭ未体験なのに、いきなり磔にされて手足を拘束されてしまったのだ。恐ろしくないわけがない。

「ほら、名前を教えてごらん。ね、いい子だからさ」

國分はナースに近づき、青ざめた顔を優しく撫でる。瑠璃子に怯えさせてもらって、自分が甘い言葉で油断させる。見事な連携プレイである。ナースは目に涙を浮かべ、震える声で答えた。

「な……奈津《なつ》です……」

國分は奈津のふくよかな頰を撫で回し、ぽってりとした唇に指先を押し込んだ。

「奈津か……。いい名前だ。素朴で清らかな君に、ピッタリだよ。……奈津、可愛いな。なに、君はまだ処女？　ははは、そんなことはないよね？」

國分は奈津の身体をまさぐり、スカートの中に手を入れた。少し乱れたピンク色のナース服が、やけに扇情的なのだ。

「いや！　いやああっ！　ダメ！」

奈津は身を捩り、必死で抵抗しようとするが、磔にされているので無駄である。國分は奈津の股間を、荒々しくまさぐった。

「奈津ちゃん、どうなの？　僕の質問に答えてごらん。君は処女？　それとも経験済み？」

パンティの上から股間を撫で回され、奈津は顔を真っ赤にして歯を食い縛る。瑠璃子も彼女に手を伸ばし、豊かな乳房をまさぐった。

「いやあっ！　やめて……きゃあああっ！」

瑠璃子はナース服の胸元をはだけ、奈津の乳房を露わにした。ババロアのようなプルプルとした乳房が現れる。奈津は羞恥で頬をさらに染め、もがいた。

「ほら、乳首が勃ってきたわよ。もう処女じゃないよね、こんなにイヤらしい乳首してるんだったら。ほら、國分さん、見てよ。黒ずんでて、長いわ」

瑠璃子はそう言いながら、奈津の乳首を摘んでコリコリと弄くる。奈津は本気で嫌がりながらも、二人がかりで身体をまさぐられ、少しずつ感じてきてしまう。

「ホントだ。奈津ちゃんの乳首、イヤらしい色してるなあ。なるほど……もう処女ではないね。どれ、確かめてみるか」

國分は奈津のパンティに手を突っ込み、秘部へと指を這わせた。

「いやあああっ！　恥ずかしい……きゃあああっっ！」

女陰に触れられ、奈津が悲鳴を上げる。しかし彼女の気持ちとは裏腹に、秘部は少々潤っていた。

「あれ、濡れてるよ。奈津ちゃん、抵抗しながら濡れてるじゃない。あ……すごい。ちょっと触っただけで、溢れてくる。感じやすいんだな。あーあ、こんなオマンコだったら、もう処女ではないね」

國分の指が、柔らかな女陰に入ってくる。奈津は涙を零《こぼ》してイヤがるが、徐々に諦めたような顔になる。手足を縛りつけられてしまっているのだ、いくら抵抗しても無駄だろう。奈津は一瞬気が遠くなるが、この非現実的な状況は〝妖しい悪夢〟のようで、彼女から理性やモラルを徐々に剝ぎ取ってゆく。

「ほら、奈津ちゃん、オマンコがこんなに濡れてるよ。グチュグチュだ。……ああ、締まりがいいね。僕の指をパックリと咥え込む。処女じゃないんだろう？　ハッキリ答えなさい。……ほら、言わないと」

國分が指を二本入れ、膣の中を荒々しく掻き回す。奈津は悲鳴を上げ、正直に答えた。

「処女では……処女ではありません！　でも……男性経験は一人です……」

初体験の相手を思い出し、奈津の目から涙が零れる。彼女の告白に國分はニヤリと笑い、秘肉をねっとりと弄り回した。

「なるほど、今どきのコにしては、真面目なんだね。でも、若いからかな、ちょっと触っただけで、こんなに溢れてくる。感じやすいんだね、ほらほら」

「いや……いやああっ！　ううううんっ」

國分は奈津の女陰をたっぷりと掻き回し、クリトリスも摘んで擦る。彼は彼女のパンティを勢い良く脱がすと、スカートの中に顔を突っ込み、クンニを始めた。甘酸っぱい愛液の匂いを吸い込むと、彼のペニスは膨れ上がった。國分は二十歳のナースの女陰に唇を密着させ、愛液を啜り上げる。

「くすぐったい……あああっ……あ——っ」

中年の男の生暖かな舌が女陰に入り込み、奈津は頬を紅潮させ、歯を食い縛る。國分は奈津のムッチリとした下半身を押さえつけ、秘部を舐め回した。薄桃色の女陰、蕾、会陰《えいん》、そしてアナルまで。

クリトリスに唇を密着させてチュッチュと吸われ、小水を漏らしてしまいそうなほどのくすぐったい快楽が、奈津の下半身を駆け巡る。

身体を震わせて喘ぎ声を出す奈津を見て、瑠璃子はほくそ笑み、國分の手にバイブレーターを摑ませた。

「ふふふ……この注射がヘタな看護婦さんに、バイブを注射してやってよ。上手な注射がどういうものか、教えてあげて」

國分はスカートから顔を出し、ニヤリと笑う。口の周りは愛液にまみれ、濡れ光っていた。

國分はバイブをしっかりと摑み、それで奈津の頰を叩いた。

「ほら、見てごらん。大きいバイブだろ？　黒人並みの大きさだ。直径六センチ、長さが二十センチある。……今から奈津ちゃんのオマンコに挿れてあげるよ」

黒く光るバイブの迫力に怯え、奈津は身を震わせ涙を浮かべる。

「いや！　いやあ！　怖いです……怖い……ううっっ」

奈津はバイブなど使ったことがないので、本気で恐ろしいのだ。怯えるナースに舌舐りし、國分はスカートを引き裂いた。

「きゃあああっ！」

奈津の下半身が露わになる。適度に肉のついた腹の下には、卑猥なほどに濃い繁みが生えている。瑠璃子は意地悪そうに微笑みながら、カーテンを開ける。窓と思っていた向かい側は、なんと鏡張りで、奈津は叫び声を上げた。磔にされ、下半身剝き出しの自分の哀れな姿が、映っている。

「見てごらん。……君のイヤらしい姿を。大きなオッパイと、ムッチリした下半身が、露わになっている。自分の裸を見て、感じるだろう？　ほら……」

國分は奈津の乳房を揉みしだく。奈津は鏡から顔を背け、耐え難い羞恥に歯を食い縛った。

「ああっ……イヤ……やめて……助けて……ううっっ」

奈津は必死に抵抗を示すが、彼女がイヤがればイヤがるほど、國分の下半身は滾ってしまう。彼は手にしたバイブを奈津の顔に押し当て、言った。

「ほら、舐めなさい。今からこれを君のオマンコに注射してあげるから。これ、大きいだろう？ だからよく滑って痛くないように、たっぷり唾液をつけるんだ」

奈津は涙を零しながら、言われたとおり渋々バイブを舐めた。彼女の愛らしい口が、巨大な黒いバイブを咥える。それを見ながら、國分のペニスにカウパー液が滲んでゆく。

彼は奈津にバイブをたっぷりと舐めさせ、口から引き抜いた。そしてゆっくりと、それを彼女の女陰に埋め込んでいった。

「あああああっ……ああ――――っ！」

秘肉を引き裂くような巨大バイブの迫力に、奈津は悲鳴を上げる。

「痛い……痛い……あああ――っ！ 痛――――い！」

根元までズブリと突き刺すと、國分はバイブを動かして奈津の秘肉をえぐり始めた。肉襞が切れてしまいそうな激痛に身を捩り、奈津は涙を零して叫び続ける。國分はバイブを激しく動かし、彼女の女陰にズブズブと出し挿れした。

「見てごらん。鏡に映ってるよ。バイブで弄ばれる、君のアラレもない姿が。ほら……君のピンク色のオマンコに、ぶっといバイブがブチ込まれている。なんて卑猥な姿なんだろう。

ああ……君を見ながら、オナニーしたくなってきちゃったよ」

國分は言葉で奈津を責めながら、自分も強く高ぶり、ズボンを下ろしてペニスを触り始める。バイブが突き刺さった奈津の初々しい女陰を見つめながら、國分は膨れ上がったペニスを自ら扱く。

「いや……あああっ……見ないで……ううんっ」

視姦される羞恥で奈津は身を震わせるが、國分があまりに勢い良くペニスをゴシゴシと扱くので、つい興奮もしてしまう。

「ああ……奈津ちゃん見てると、ついオナニーしちゃうね。うん？　君もオナニーされて嬉しいんだろ？　乳首がピンと勃ってるよ。淫らな格好をじっと見られて、オナニーされて喜ぶなんて、奈津ちゃんは根っからの淫乱だな。君、看護婦やめて、ここに転職したほうが、その淫乱の才能を発揮できていいかもしれないよ。ね、ママ？」

「そうね。そのほうがいいわ。どう、貴女、考えてみない？」

瑠璃子は妖しく問い掛けながら、奈津の花びらに埋まったバイブを動かす。挿し込んだバイブを引き抜く時、女陰がめくれて赫い秘肉が覗くのが卑猥だ。そんな猥褻な秘部を見つめ、國分はペニスを擦り続ける。瑠璃子はバイブの振動を最強にした。

「いやあっ……きゃああ——っっ」

肉襞を摑まれて掻き回されるような衝撃に、奈津は身を震わせる。瑠璃子はバイブの弁もクリトリスにグイグイと押し当てた。巨大なバイブの蠢きに、奈津の火照った秘肉は、崩れ落ちそうなほどに蕩けてゆく。

「あああっ……ダメ……あああ――っ！」

弁でクリトリスを勢い良く嬲られ、奈津は弾力に満ちた乳房を揺らし、達してしまった。バイブを咥え込みながら、女陰も激しく伸縮する。

「イヤらしい娘だ……君は本当にイヤらしい」

自慰を続ける國分のペニスは、バイブに劣らぬほど巨大に膨れ上がっている。彼は奈津の秘肉からバイブを引き抜くと、今度は自分のペニスを挿し込んだ。

「ほら、今度は僕が注射してあげるよ……どうだい、ううんっ」

奈津の初々しい花びらに、逞しい肉棒が注入されてゆく。

「あああっ……はあぁっ」

バイブとは違う、〝ナマ〟の息吹を持った男根の感触に、奈津は思わず甘い吐息を漏らす。一度イッた後の奈津の女陰は、まったりと温かく、イソギンチャクのような肉襞がヌメヌメと絡まってきて、國分は涎を啜った。

「ああ……気持ちいいよ……奈津ちゃん……名器なんだね……お小遣い、たっぷりあげるから……うううううっっ……もっと力入れて、キュッって締めてごらん……そう、そうだよ……くうううっっ」

國分は奈津のナマの女陰を味わいながら、夢中で腰を動かす。奈津は彼に言われたとおり、尻の穴をすぼめ、膣を締めつける。すると國分のペニスはますます滾り、精液を少し漏らしながらビクビクと蠢いた。

（こんなに気持ちいい注射をしてもらって、お金をもらえるなんて……今の仕事やめて、ここに転職しちゃおうかなあ。注射は、するよりされるほうが、いいかも）

奈津の心に、甘美な悪魔の影が差す。初めはイヤがっていたのに、すっかり恍惚としている彼女の顔を見て、瑠璃子はほくそ笑む。この薔薇娼館に息づく禁断の快楽を味わうと、誰もがその魔力の虜になってしまい、なかなか抜け出せなくなるのだ。瑠璃子は、可愛い子ウサギを、また一匹罠《わな》に掛けたような気分だった。

野心の果て

その夜、娼館は大盛況だった。新年度を迎えての医師会パーティーを開いたのだ。

「今後とも、私どもをよろしくお願い致します。皆様の生活に華を添えることができますよう、精進して参ります」

瑠璃子が挨拶すると、皆から拍手が沸き起こった。広間には人が溢れ、あちこちで客と女たちの交流が繰り広げられる。美華は艶やかな着物姿で笑顔を振りまき、客一人一人に挨拶して回った。

そんな美華を歯痒い思いで見ていたのは、友梨だ。友梨は相変わらず肌も露わなドレスを着て、派手なメイクを施している。それゆえ、客たちも「おっ、綺麗だねえ」などと褒め言葉を投げ掛けてはくれる。でも話が続かず、客たちは結局は馴染みの女のほうへ行ってしまうのだ。友梨は美華を睨みつけ、思う。

(私とあの女の差は、ただこの仕事のキャリアが長いか短いかだわ。あの女は、長くやってるから、知ってる客も多いのよ。お礼状なんかもマメに出してるみたいだし、あらゆる客の個人情報を知っているのかもしれないわ。私は入って半年も経ってないし、新人には客もなかなか名刺だってくれないし、ああ、やりにくい！　客のことがもっと分かれば、私だって近づいていけるのに)

もどかしさに、友梨は歯軋りする。この娼館に集う顧客の個人情報というものを、彼女は知りたがっていた。ここにくる名士たちは、古くからの客が多いので、新人の女などには名刺を渡したりしないのだ。それどころか、自分の身分をなかなか明かさない男も多い。彼らには立場というものがあるので、スキャンダルを一番恐れているからだ。瑠璃子は古くからの付き合いで信頼できるが、新入りの女にはなかなか気を許せないのだろう。

　ここに集う男たちも、バカではない。友梨のような女が危険性を持っているということぐらい、その言動を見ていれば分かるのだ。何か弱みを握られて強請《ゆす》られたり、金や売名のために暴露されかねない。いくら彼女が美人でも、そのような不信感を客に抱かせるのであれば、やはりナンバーワンにはなれないのだ。

　美華が良い客に恵まれたのは、彼女の誠意が客たちに伝わるからだろう。瑠璃子にも気に入られているし、口も固く余計なことを喋らない。華やかな立場にいながら、どことなく自信がなさそうなところも、客たちの庇護欲を誘った。美華はこの仕事自体に特に固執していなかったので、ナンバーワンということにもまったく執着していなかった。ナンバーワンとしての自覚は持っていて、客たちを最大限にもてなす努力はしたが、自分がいつ売れっ子じゃなくなってもいいと思っていた。親の借金を返し終えるまでは稼ぎたい意欲はあったが、返済が終わってしまった今、いつナンバーワンの座から転げ落ちてもいいと思っている。そして美華のそんな無欲さが、ガツガツしていない柔らかな印象を客に与え、逆に彼女の人気を保たせていたのだ。

（ふんだ。こんな娼館で息苦しい生活するぐらいなら、誰か大金持ちのパパを見つけて、その人の愛人になって囲ってもらったほうがずっと簡単だわ！　バッカバカしい！……見てなさいよ、この私が本気出したら、なびかない男なんていないんだから。大金持ちで地位のあるパパを見つけて、この娼館だって乗っ取ってやるからね！　オバサンたち、覚悟しなさい）

友梨は闘志に燃え、大きな瞳をギラギラと輝かせる。若さゆえの、そして美貌ゆえの、羨ましいほどの自信だ。友梨は客の間を行き来し、シャンパンを舐めていたが、何か思い立ったように、ひっそりと広間を抜け出していった。

友梨は足音を立てずに廊下を歩き、或る部屋の前で立ち止まり、静かにドアノブを回した。鍵が掛かっていず、ドアが開く。友梨は人が見ていないか左右を確認し、こっそりと素早く部屋の中に入った。

四月は色々とお呼びが掛かり、都内のシティホテルに出張に行ったり、ディナーに誘われて同伴する娼婦も多い。皆、外出してしまって、娼館の中がガランとしていることもあった。その夜も、娼館の中は静かだった。瑠璃子は緒形を連れて、政治家との会食に出掛けていたし、娼婦たちはほとんど商社の接待に駆り出されていた。外国人相手なので、彼らに人気の美華やタチバナももちろん行っている。

友梨も接待の席に呼ばれたが、「風邪気味だから」と断ったのだ。しかし、本当にそうだったわけではない。友梨には、すべきことがあったのだ。人のいない隙に、仮病を使ってでも。

ひっそりとした娼館の中、ボーイやメイドにも気づかれぬよう、友梨は足音を立てずに廊下を歩いた。そして、或る部屋の前で、ポケットから鍵を取り出した。その鍵でドアを開け、友梨はニヤリと笑う。さっき密かにメイド室に忍び込み、この部屋の合い鍵を持ってきたのだ。自分の姿を見られていないか確認しながら、彼女は部屋に入った。

暗い部屋の中、友梨は懐中電灯を灯して、客全員の情報が細かく書かれている〝顧客リスト〟を探し始めた。必ず、この瑠璃子の部屋にあるはずだ。瑠璃子は自分のこの部屋を、書斎兼自室として使っている。彼女はマンションも持っているのだが、仕事が遅くなると、この部屋に泊まったりもした。２Ｋの造りになっていて、一つを書斎、もう一つをベッドルームにしている。

友梨は懐中電灯を照らし、書斎のほうを調べ回った。先週の医師会パーティーの時、友梨が入ったのは、瑠璃子のこの部屋だったのだ。顧客リストを、どうしても手に入れたくなったからだ。何人書かれていて、どれぐらいの厚さか分からないが、瑠璃子が帰ってくる前に、友梨はコピーするか、或いは名士何人かの情報を抜き書きしてしまおうと企んでいた。明かりが漏れぬよう注意して、彼女は机の引き出しを、隈無く調べてゆく。

「何やってんだよ」

男の声とともに、明かりがつく。ガウンを羽織り、髪に寝癖をつけたサトルが立っていた。隣の、ベッドルームから出てきたのだった。

友梨はサトルを見て驚き、摑んだ書類を落としてしまった。顔が青ざめ、ひどく動揺している友梨に、サトルは侮蔑の視線を投げた。

「ははん、なるほどね。客の名簿でも探してたのか。おあいにくさま、そんなところに仕舞うなんてことしないよ。金庫の中に入れてるさ。……しかし、ついにシッポ出しちゃったな、貴女。ママの部屋に合い鍵使って忍び込んで詮索するなんて。こりゃ、もうダメだろ。まあ、いつか何かするだろうとは思ってたけれどね、貴女のことは」

サトルは気怠そうに言いながら、髪を掻き上げ、煙草を銜える。瑠璃子が食事に出掛ける前に一戦交え、そのまま彼女のベッドで眠っていたのだ。すると隣の部屋で物音がし、人の気配を感じたので、ベッドから抜け出してきたら、友梨と鉢合わせたというわけだ。

友梨は「しまった」というように舌打ちして、唇を嚙み締める。何か言い訳をしたいが、気が動転してしまって、巧い言葉が思い浮かばないのだ。何も言わずに逃げようとした友梨に、サトルは怒鳴った。静かな娼館に響き渡るほどの大声で。

「お前が後で何て言い訳しても、ママは俺を信じるからな！　お世話になった人を裏切るようなことをして、恥ずかしいと思わないのか！　それに、お前みたいな品性下劣な女がいくら小細工しようとしたって、ここではナンバーワンになんかなれねえよ！」

友梨を普段から快く思っていなかったサトルは、語気を荒らげる。彼の言葉が胸にグサッときて、勝ち気な友梨の頭に血が上る。彼女は唇を震わせ、言い返した。

「なによ、偉そうに。じゃあ、お訊きしますけれど、貴男はそんなに上品な方なんですか？　上品なわけないわよね。実の母親とセックスなさってるんですもの！　なによ、近親相姦の変態男が、偉そうなことぬかしやがって！」

友梨の言葉に、サトルの顔は強張り、青ざめてゆく。目が据わり、底知れぬ怒りの炎が燃えているように、血走っている。彼の凄まじい形相に、本気で怒らせてしまったことを悟り、友梨は思わず後ずさる。

「貴様、もういっぺん言ってみろ」

サトルが恐ろしい顔で、迫ってくる。逃げようとした友梨の腕を、サトルは左の手で思いきり摑んで指を喰い込ませた。

「もう一度言ってみろって言ってんだよ！　貴様みたいな女に、何が分かるってんだ！　俺とママの何が分かるってんだよ！　このクソ女！」

指が喰い込んで肉が切れそうな痛みに、友梨は悲鳴を上げた。サトルがあまりに恐ろしく、殺されるのではないかと思ったのだ。

「きゃああ――――っ！　助けて！　誰か、誰か、きて！」

友梨の絶叫に気づき、メイドが部屋に入ってくる。

「サトル様、サトル様、どうなさったのですか。落ち着かれてください！」

メイドの必死の懇願に、サトルは正気に戻り、友梨から手を放す。友梨の腕は皮膚が切れ、血が滲んでいた。衝撃で、友梨も息を荒らげ、呆然としている。メイドはすぐにほかのメイドを呼び、救急箱を持ってくるように告げる。館に残っていた娼婦たちも、騒ぎに気づいたようだった。

「しかし、貴女もなかなかやるわね。私の留守に部屋に忍び込んで、顧客リストを盗もうとするなんて」

瑠璃子は友梨に言って、声を上げて笑った。ソファにゆったりと腰掛け、ワイングラスを傾けている。煙草を銜えると、緒形がサッと火を点けた。

広間で、友梨は皆に囲まれ、やり込められた。友梨はもう何も言い訳ができず、皆の話をただ聞くだけだ。瑠璃子のほか、美華、冴子、サトル、そして緒形がいた。友梨をずっと快く思っていなかった冴子は、ここぞとばかりに言い立てた。

「貴女の運の尽きは、〝調子に乗ってしまった〟ってことよ。この世界ってそうなの。ちょっと人気が出たからってすぐに調子に乗る女は、目をつけられて必ず足を引っ張られるのよ。陰で客に、貴女の悪口言ってる女も多かったわ。『友梨って女は、何するか分からないわ。金のためになら、お客さんを陥れることだってするわよ』って。だから貴女、自分で思ったより客が取れなかったのよ。それで焦ったんでしょう？　でも仕方ないわよね。入ってきた時から、〝絶世の美女〟の貴女は、私たちを見下すような態度を取ったんですもの。恨みを持たれたって、自業自得だわ」

友梨は顔を蒼白にして、うつむいたまま唇を嚙み締める。腕に巻かれた包帯が痛々しかった。冴子の後を、サトルが続けた。先ほどの激しい怒りは、もう治まり、冷静な口調に戻っていた。

「貴女さあ、何か勘違いしてたんだよね。もう、自分でも気づいてると思うけれどさ。いくら若くて綺麗でスタイルが良い女でも、内面が歪《いびつ》だったら、ここみたいなところでは人気は出ないんだよ。よくさあ、『美人は三日で飽きるけれど、ブスは三日で慣れる』なんて、もっともらしいことを言うじゃん。でも、あれってあながち間違ってはいないんだよね。……

たとえば俺のこの手、おかしいだろ？」

サトルはそう言って、少し不自由な右手を掲げ、動かしてみせた。

「つまり俺は、外見に問題ありってことなんだ。それも生まれつきで、整形なんかでも治せない病気だ。でも、俺には、客がたくさんいて、いろんな女に可愛がってもらってるよ。皆、初めは俺のこの手を見て、なんとも言えない顔をするんだ。でも……俺はサービス精神旺盛だからさ。会話で、舌で、指で、ペニスで、テクニックで、女たちを楽しませるんだ。すると、皆、いつの間にか打ち解けて、俺を可愛がってくれるようになる。そして何度も会うちに、俺の手のことなんか忘れちゃうんだな。つまり、中身で惚れさせてしまえば、外見なんてのは見慣れると気にならなくなるってことなんだ。でもその反対に、外見が良すぎるとさ、中身が伴わない場合に、徐々に徐々に細かなアラが目立ってくるんだよ。『イヤなヤツだ』と思うとさ、外見も霞んで見えちゃうんだよな。『私は美人だから、俺はハンサムだから、何をしたって許される』なんて考えてるようなヤツは、いくら着飾ってたって、美しい人間とは思えないさ。……そしてここに集まるお客様たちは、そんなことは重々分かってるんだ。友梨さん、だから貴女は、ここではイマイチ人気が出なかったんだよ。〝高級娼館〟を甘く見ないほうがいいさ。きっと……俺も含めて、誰も貴女のことを真の美女なんて思っていなかったよ」

愛する息子の話を、瑠璃子は微笑みを浮かべワインを飲みながら聞いている。冴子は二人に目をやりながら、思った。生まれつき手が少し不自由なサトルを女手一つで育てるのは、たいへんなこともあっただろう。サトルがしている男娼という職業には賛否あるだろうが、彼は仕事においては確かに成功している。どんなに多くの女たちの身体を、そして心を、サトルは癒しているだろう。彼を心の拠りどころとしている女たちが、どれだけいるだろう。冴子は思う、瑠璃子はよくサトルをここまで育てたと。男娼という仕事をしながらも、彼の心は無垢だ。だから冴子は、そんなサトルを愛してしまった。

でも、サトルを独占できるのは瑠璃子だけなのだ。それはきっと、サトルという美しい男をこの世に産み落とし、創り上げた彼女に与えられた、特権なのであろう。……それが分かるからこそ、冴子はやりきれなく、辛いのだった。

「美華は、友梨に何か言うことはないの？　ナンバーワンの貴女から、最後に何か言ってあげてよ。この娘の、今後のためにも」

瑠璃子が足を組み直し、美華に促す。友梨はもう開き直ったような態度で、ふてぶてしく腕を組み、包帯を巻かれたところをさすっていた。美華は少し躊躇っていたが、透き通る声で静かに話し始めた。

「そうね……ママたちの前で、こんな話はするべきではないのかもしれないけれど、友梨さんに私の心を知ってもらいたいから、言うわ。……今、ママが私のことをナンバーワンって言ったけれど、私、本当はね、ナンバーワンになっても、どこかで引け目があったの。私は貴女と違って、この仕事に望んで就いたわけじゃなかったから。親の借金のために、仕方なく始めたのね。いつも親のことが頭にあって、辛かったの。でも、今にして思えば、だから逆に良かったのかもしれないわ。毎日必死で、思い上がる余裕さえ、なかったから。……私、新入りの頃、酔っぱらったお客に言われたの。『ナンバーワン？　高級娼婦？　それがどうした。笑わせんなよ。結局はただの売春婦じゃんか。クズみたいなことやってて、偉そうな顔するな！』って。……その言葉が胸に突き刺さって、ずっとずっと、消えなかった。ほかの人たちに『綺麗だね。美華さんは知性もあるし、まさに高嶺《たかね》の花だね』っていくら褒められても、心の中で『私はクズの女だ』っていう劣等感があった。いくら高級娼婦だ、ナンバーワンの薔薇娼婦だって言葉を飾ってみても、最低の女なんだって。……でもね、貴女の態度を見ていて、思ったの。その傷があったから、逆に私は良かったのかもしれない、って。いつもどこかで冷めていて、思い上がらずにすんだのかもしれない、って。お客様たちの見え見えのお世辞にも、冷静でいられたのかもしれない、って。あの酷い言葉を吐いた酔っぱらいの客を、私はずっと憎んでいたけれど、逆に今では感謝しているわ。……人生って、どんな出来事も、勉強なのね」

美華は一気に話し、そしてワインを一口飲んだ。彼女の話を黙って聞きながら、瑠璃子もサトルも冴子も緒形も、密かに胸を熱くした。この世界では誰もが、美華のように、華やかさの裏に翳りや孤独を抱えている。自分たちの気持ちを、彼女が代弁してくれたように思えたのだ。心の奥で劣等感を抱きながらも長い間〝薔薇娼婦〟を立派に務め続ける美華を、皆、抱き締めたい気持ちだった。

しかし友梨は、美華たちの話を理解しようとしなかった。否、理解できなかったのだ。友梨は仏頂面で唇を尖らせたまま、言った。

「お説教、ありがたく頂戴致しました。で、私は追放ってことですよね？　お世話になりました。さっさと出てゆきます」

友梨はソファから立ち上がり、皆に軽く頭を下げた。

「短い間だったけれど、ありがとう。これからも頑張ってね」

社交辞令のような文句を、瑠璃子が言う。友梨は攻撃的な強い口調で返した。最後なので、開き直っているのだろう。

「はい、皆さんが仰るように中身を磨いて、美貌にもますます磨きを掛けて、頑張ります！」

「おう、頑張れよ」

「頑張ってね」

「頑張ってください」

感情のこもらぬ声で、サトル、冴子、緒形が続けて言う。美華は椅子から立ち上がり、友梨に告げた。

「貴女みたいに美貌があって野心家の人なら、どこかで必ず成功するわ。貴女の性質が、ここには向いていなかっただけよ。頑張ってね」

自分を見つめて話す美華が鬱陶しく、友梨は目を逸らし、素っ気なく返事をした。

「ええ、ありがと。お元気で」

友梨のつれない態度に、美華は「本心で言ったのに」と苦笑する。追い込まれたことに対する怒りで、友梨はムシャクシャしているのだ。勝ち気で自分が一番と思っている彼女には、説教じみた皆の話などまったく通じていなかった。友梨は、ただひたすら、バカにされたような気分だった。

ドアを開ける前、友梨は皆に振り返り、目に怒りの炎を灯し、言った。

「今に見てなさいよ！」

そしてドアを勢い良く閉め、部屋を出て行った。

言い合い

　友梨が消え、娼館にも穏やかな空気が戻ってきた。桜の季節が終わり、青葉の季節も過ぎ去り、雨が続く頃、冴子が倒れた。過度の飲酒と、精神的疲労が重なったのだ。

「大丈夫？　冴子、ゆっくり休んでね。……で、これに懲りて、お酒は慎むように。ちょっと飲みすぎだったわよ。大事に至らなくて、本当によかったわ」

　医者が帰った後、冴子の枕元で美華が微笑む。冴子は瞑っていた目を開け、大きな溜息をついた。

「ありがとう。でも……私、もうダメかもしれない」

　美華は冴子の手を握り、言った。

「何言ってるのよ。冴子、一カ月先まで予定が入っていて、貴女と会うのを楽しみにしているお客様がたくさんいるのよ。その人たちのためにも、早く良くなって。元気にならなくちゃ」

　この不毛の仕事をしていて、娼婦たちが唯一心が満たされるのは、「お客様に必要とされている」と実感する時なのだ。しかし冴子は、美華の励ましにも心が動かされないようだった。彼女は浮かない顔で、無言のままだ。このような状態の時は、どんな言葉も慰めにはならないだろう。美華は口を閉じ、綿毛布の上から冴子の身体をそっとさすった。さっき医者が精神安定剤と睡眠薬を冴子に飲ませたので、暫くしたら眠りに陥るだろう。美華は冴子が眠りにつくまで、傍にいてあげたかった。彼女が心配だったからだ。

美華はこの娼館に入った頃のことを思い出していた。自分より二年先輩の冴子は、美華の身の上を知っていて優しくしてくれた。この世界で、仲間の女たちから嫌われずに生きてゆく術も教えてくれた。美華の人気が出て、いつの間にか冴子を追い抜いてしまった時も、「ちょっとシャクだけど、貴女ならトップになると思ったわ。頑張って稼ぎなさい。借金返して、金を貯めれば、ここを出て好きなことだってできるわ」と笑って言ってくれた。新人の頃、美華が陰でよく泣いていたのを、冴子は知っていたのだ。

あれから三年半が経ったと思うと、長かったような短かったような気がして、美華は感慨深かった。冴子はここでの生活を五年以上もしているのだから、美華以上に、色々思い悩むことはあったろう。冴子も金を貯めているだろうから、ここを出て好きなことをしてもいいように思うが、彼女はすべてにおいて「やる気」がなくなってしまっているようだった。もしかしたら、ここを出ても、今さら何をしていいのか分からないのかもしれない。ここの生活に虚無しか感じることができず、そうかと言ってほかの生活を始めるヤル気すらもない。ベッドに寝そべっている冴子は、魂が抜け落ちてしまった、もぬけの殻にも見えた。そして彼女のその虚無感の原因が何であるか、美華は気づいていた。

「……私さあ、この仕事を始めるきっかけは、もともと失恋だったのよ」

眠っていた目をパチリと開け、冴子が唐突に話し始めた。美華は彼女の身体をさすりながら、聞いていた。

「一方的に破談されて、彼を殺してやろうと思って、未遂に終わったけれどバカなことしでかして。それでママに勧められて、この世界に入ったの。もう、自棄だったのよね。男なんて懲り懲り、イヤな思いさせられたぶん、高級娼婦になって悪の栄華を極めてやろうなんて思ってた。初めの頃はね。誰も本気で好きにならず、男なんて利用するだけだって考えてた。……でもさあ、私ってやっぱりバカなんだよねえ。男でダメになっちゃうタイプなのかな。惚れちゃったんだよねえ、サトルに。いろんな女と寝まくっている男に。辛いよねえ。どうしてあんな男を好きになっちゃうんだろう。『好きになってはいけない』っていくら理性で分かっていても、心は勝手に動いちゃうもんなんだよね。バカだよね、私。……ホントにバカだよね」

冴子の気持ちがよく分かり、美華は身につまされる。理性と感情の差に、美華もよく惑わされるからだ。

「冴子、疲れてるのよ。眠ったほうがいいわ。誰だって悩みを持ってて、何もかもがイヤになってしまうことってあるわよ」

月並みな慰め方しかできないが、今の状態の冴子にあれこれ言うよりは、そっとしておいたほうがいいような気がしたのだ。冴子の憂鬱の原因となっているサトルのことを話題にするのは、彼女の精神をよけい疲労させてしまうだろう。冴子は目を大きく瞬かせ、少しの間の後、美華に訊ねた。

「ねえ、美華は土屋さんとはどうなの？　今のままでいいの？　彼、美華のこと『身請けしたい』ってママに言ってるみたいだよ。どうするの、今後のこと」

唐突に土屋のことを問われ、美華は少々うろたえる。そして少し考え、自分の気持ちを淡々と話した。

「そうね……どうするか、自分でもまだ分からないわ。でも、彼の愛人になって囲われるのは、正直、イヤね。彼の奥様とお子さんに悪いもの。彼らからしてみれば、耐えられないと思うわ。自分の夫が、父親が、見知らぬ女と別宅を持っているなんて。……ひどいことだわ。私が奥様の立場なら、気がおかしくなってしまうわ、きっと」

美華の話を聞いて、冴子はフフンと鼻で笑った。

「美華は、そういうところ潔癖でロマンティストよね。いいじゃない、それでも。なんで貴女が彼の奥さんのことまで考えなきゃいけないのよ。人の家庭のことなんて、中がどんなになってるか、他人には決して分からないわよ！　体裁を繕っているだけで、中が冷え切っている家庭がどれだけ多いか、美華だって知ってるでしょう？　土屋さんだって正直、奥さんに飽き飽きで、子供にもそれほど思い入れがなくて、家庭なんてとっくに冷えちゃってるのかもよ。だから、美華に本気で入れ込んでしまったのかもしれないわ」

冴子の話に、美華は黙ったままだ。彼女は続けた。

「それとも、奥さんとはきっぱり清算して私のところにきて、ってこと？　美華は愛人じゃなくて、彼の正妻になりたいの？」

「違うわよ。……彼の奥様は、彼がボクサー時代を支えた人なのよ。糟糠《そうこう》の妻ってことじゃない。私、彼の奥様を、週刊誌で拝見したことがあるの。私より年上だけれど、愛らしくて優しそうな人だった。その週刊誌でも、奥様のことを褒めちぎってたわ。私なんかのために、あんな素敵な奥様を悲しませるなんて、そんなの断じていけないことだわ。それは罪よ。私はきっと、ずっと罪悪を感じて生きていかなければならない……」

土屋の話になり気持ちが高ぶっているのだろう、美華の語気はいつになく強い。冴子はまたも鼻で笑った。

「なによ、いい子ちゃんぶって！　『断じていけない』とか、『罪悪』とか、バカみたい！　お言葉ですけど、こんな仕事をしておきながら、よくそんなに清廉潔白な気持ちでいられますわね！……私が美華だったら、土屋さんの胸に飛び込むわ。誰が何と言おうが、そうする。愛って、もっとエゴイスティックなものなのよ。本当にその人を好きなら、邪魔なものをすべてブチ壊してでも奪い取りたくなるのが、愛なのよ。私だって……やれるもんなら、やりたいわよ。すべてをブチ壊して、略奪してやりたいわ、サトルのこと」

冴子はそう言って、ケラケラと笑う。冴子のハッキリとした言葉が美華は少々ショックだったが、彼女に元気が戻ったのは嬉しかった。これほど喋ることができるなら、大丈夫だろう。冴子は続けた。

「美華の、そういう人に気を遣うところは、好きよ。でも、貴女のいい子ちゃんぶってるところは、嫌い。正直になりなさいよ。本当は土屋さんを好きなクセに。本音では、彼の家庭をブチ壊してでも、あの人を手に入れたいと思っているクセに。『私は娼婦だから、自分の立場を考えたら、誰も本気では愛せない』なんて尤《もっと》もらしいことを言いながら、土屋さんに心底惚れているクセに！　美華は嘘つきよ！　エゴ丸出しの人間より、そんなの、ずっとタチが悪いんだから！　美華の嘘つき！　嘘つき！」

冴子の話が美華の胸に突き刺さるのは、痛いところを突かれているからだろうか。本心を言い当てられているからだろうか。美華は耳を塞ぎ、叫んだ。

「やめて、やめてよ！……そうね、私は、嘘つきなのかもしれないわ。心を開けてみれば、醜いエゴが渦巻いているかもしれない。……でもね、本当に愛してるからこそ、諦めなきゃいけないことだってあるでしょう？　相手のことを思うがゆえに、身を引かなければならないことだって、あるのよ。それは、冴子、貴女も分かっているはずだわ」

美華は目を潤ませ、唇を震わせる。冴子に痛いところを突かれ、胸を疼かせながら。しかし冴子は、美華の話が終わる頃には、ベッドの上で寝息を立てていた。言いたいことを言って、スッキリしたかのように、安らかな寝顔だ。睡眠薬が効いてきて、唐突に睡魔に襲われたのだろう。美華はなんだか可笑しくなり、泣き笑いを浮かべ、冴子がくるまっている綿毛布の乱れを整えた。お互い男のことで苦労するね、と心の中で呟きながら。

炎

土屋と肌を合わせながら、美華は身体の芯まで蕩けさせていた。彼の吐息が、匂いが、温もりが、彼女を火照らせる。美華は決して「好き」「愛している」という言葉を発しない。

しかし口に出さなくても全身でそれを訴えるかのように、土屋にしがみつき、情熱的に身体を押しつける。

「美華……ああ、可愛い……俺だけのペット」

土屋は彼女を抱き締め、艶やかな長い髪を撫でる。花のような甘い髪の香りが、彼の胸を刺激する。そして土屋は美華に口づける。愛しさのあまり「食べてしまいたい」というほどに、彼女の唇を吸い上げ、貪る。

二人は舌を絡ませ、抱擁する。美華も土屋も、身体の芯が疼いている。美華は欲望の赴くまま彼を押し倒し、逞しい肉体に舌を這わす。耳を、首筋を、肩を舐め回し、乳首を咥えてチュッチュと吸う。少ししょっぱい浅黒い肌を舐めながら、美華は愛しさのあまり目が潤んでくる。彼女は土屋の乳首を優しく嚙み、尖らせた舌先で刺激した。

「ううう……美華……感じるよ……ううっ」

土屋は美華に愛撫されながら、彼女の身体をまさぐり続ける。手に吸いつくような美華の柔肌が、心地良くて仕方ないのだ。二人とも、互いの愛撫がない生活など、考えられなくなってしまった。美華は土屋に触れられているだけで、心が落ち着くのだ。

美華は薄笑みを浮かべ、彼の身体を味わい続ける。腋《わき》の下に顔を埋めクンクンと嗅《か》ぐと、その男らしい匂いに美華の秘肉はいっそう疼いてしまう。美華は土屋の腋の下も丁寧に舐めた。少し苦いが、ザラッとした腋毛の感触が舌に心地良い。

「あっ……くすぐったい……でも気持ちいいよ……」

美華は土屋の腋の下の匂いを吸い込みながら、たっぷりと舐め回した。そして舌を脇腹へと動かしてゆく。

「にゃあ……御主人様のお身体、とっても美味しいです……にゃあぁん」

美華は本物の猫になった気分で、土屋の身体を舐め続けた。彼の肌に触れ、舌を這わし、匂いを嗅いでいるだけで、美華の熟れた女陰からは蜜が迸る。美華は、愛しい土屋の身体を、このまま何時間でも朝がくるまでずっと、舐めていたかった。彼の皮膚がふやけるまで、味わっていたかった。

「御主人様……ああん、大きくて素敵……ふううん」

美華は土屋の股間に顔を埋め、野性的な繁みにそそり勃つペニスを咥える。彼のペニスは熱を帯びて猛り、黒光りして脈を浮き立たせている。美華は男根を口に頬張り、溢れる情愛を込め、熱烈に舐め回した。

「くうううっ……美華……あああっっ」

愛する女の心の籠もったフェラチオに、土屋の肉棒は怒張する。美華のねっとりまったりとした口の中が気持ち良すぎて、土屋は思わず腰を浮かせて少し動かした。

「ふううん……御主人様……オチンチン、太くて……美味しい……ううううんっ」

美華はペニスを頬張りながら、興奮して喘ぐ。彼女は睾丸《こうがん》をそっと揉みながら男根を舐め回し、会陰、アナルまで舌を這わせた。美華は愛する男のアナルに舌を入れ、思いきり舐め回す。むず痒さが下半身の奥から込み上げてきて、土屋の男根はさらにいっそう膨れ上がった。

「おい、尻をこっちに向けろよ。69しよう」

土屋に言われ、美華は命ぜられるまま69の体勢を取る。彼に秘肉の奥まで見られることが、美華は羞恥を感じながらも、悦びなのだ。美華は土屋の目の前で、四つん這い姿で大胆に股を開いた。若草のような陰毛の奥の、彼女の薄紅色の女陰が丸見えになる。花びらは、充分に蜜を滴らせていた。

「あああっっ……ダメ……ああんんっ」

いつ見ても可愛らしい美華の女陰に、土屋は激しく高ぶり、その中へと指を突っ込む。美華は69の体勢で彼の股間に顔を埋めながら、身を捩って尻を振った。彼女の花びらは蜜を溢れさせ、土屋の太い指を呑み込む。

「美華……すごい濡れてるよ。ほら、グチュグチュ言ってる。お前の薔薇色の綺麗なオマンコが、俺の指を咥え込んで放さない……。ああ、すごいよ……」

自分の秘肉をじっと見つめ、土屋は興奮しているのだろう。美華の目の前でペニスはさらに膨れてビクビクと蠢き、カウパー液を垂らしている。彼の高ぶりが伝わってきて、美華もいっそう興奮し、秘肉を疼かせた。すると彼女の女陰は引き締まり、土屋の指をキュウッと咥え込んだ。

二人は69の体勢で、互いの性器を貪り合った。美華は情熱的にペニスを奥深く咥え込んで舐め回し、白く豊かな尻を彼に押しつけ、秘肉を濡らす。

「もっと……もっと奥まで見て……美華の奥まで……見て」

美華はそう言いながら、悩ましく尻を振る。あまりに扇情的な美華の痴態に、土屋は気も狂れんばかりに欲情し、秘肉の奥まで舌を差し込み、夢中で貪った。

「あああんっ……御主人様……ふううううんっ」

土屋のクンニは情熱的で、まるで秘肉に小さな蛇が入り込んで蠢いているような感触に、美華は激しく身悶えた。

「ほら、休むな。美華も俺のを舐め続けろ」

彼はクンニをしながら、腰を浮かせて美華の顔にペニスを擦りつける。強い快楽の中、美華は頷き、恍惚としてフェラチオをする。あられもない姿で秘部を貪り合う快楽に、二人は身体の芯まで蕩けてゆく。

美華の秘肉からはコクのある匂いの愛液が迸り、土屋の男根はカウパー液を垂らして怒張した。彼のペニスを舐め回し、見つめながら、美華は愛しさが込み上げ、涙が出そうになる。愛しいペニス。私の愛撫でこんなに太く、硬く、逞しくなる、可愛いペニス。匂いも、味も、感触も、大好きなペニス。私だけの、彼のペニス。

美華は目を潤ませてペニスを咥え、愛しさのあまり、嚙み千切ってしまいたい衝動に駆られる。嚙み千切って呑み込んで、自分の身体の一部にしてしまえたら、どんなにいいだろう。美華は土屋の男根を、自分だけのものにしてしまいたかったのだ。

もちろん食い千切ることは実行には移さなかったが、それほどの勢いで、激しくペニスを愛撫した。

「ぐううっ……美華……ダメだ……イッてしまう……うううっ」

土屋が美華の頭を押さえつけ、苦しそうに喘ぐ。彼のペニスは美華の口の中で猛り狂い、今にも爆発してしまいそうだった。精液も少し漏れていただろう。

美華はフェラチオを止め、口から男根を引き抜き、妖気を漂わせて微笑んだ。彼女のぽってりとした唇は、唾液まみれで艶やかに濡れている。美華は大きな瞳を見開き、鼻息も荒く欲望のままに土屋に伸し掛かる。そして彼に跨り、猛る男根へと、深々と腰を下ろしていった。秘肉がどうしようもないほど疼いて、ペニスを咥え込まずにはいられなかったのだ。

「あああっ……大きい……あああ――っ」

爛れるほどに熟れきった美華の秘肉に、猛り狂う男根が奥深く埋め込まれる。太く逞しい肉塊の感触に、美華は身体の芯までトロトロに蕩けてゆく。彼女は全身を疼かせ、乳首を突起させ、強すぎる快楽に突き動かされるように腰を揺すった。

「ううう……すごい……美華……ああっ、チンチンが……変になりそうだ……ぐううっっっ」

土屋は美華の豊かな腰を抱え込み、嵐のような快楽に歯を食い縛る。美華は彼に跨り、膝を立て、欲望のままに腰を揺すった。

(好き……大好きよ……)

美華は土屋への思いを口には決して出さず、心の中で叫び続ける。そして、心の中で彼への愛しさを叫ぶたび、胸がキュンとなり、女陰までキュウウッと締まった。土屋への愛しさを込めてペニスを締めつけると、蕩ける秘肉の中でいっそう膨れ上がり、先端がGスポットを直撃する。美華も土屋も、我慢の限界であった。

土屋は荒々しく身を起こし、体位を変え、今度はバックから美華を突き始めた。Sッ気の強い彼は、バックで美華を犯すのが、やはり最も興奮するのだ。フィニッシュは後背位で迎えたかった。

「美華……たまらない……ああ……イク……くううっっ」

彼女のムッチリとした尻を抱え、土屋が物凄い勢いで腰を打ちつける。そのたびに美華の乳房がプルプルと揺れるのが、なんとも扇情的だ。

「ああっ……あああああっっ……あっ、あっ……イク……あああ――――っ」

怒張するペニスで後ろから秘肉をえぐられ、目も眩むような快楽の渦の中、美華は瞬く間に達してしまった。秘肉が激しく痙攣し、ペニスをねっとりと咥え込んで、肉襞を絡ませてキュウッと伸縮する。熟れた女陰のイソギンチャクのような肉襞に男根を撫でられ、擦られ、扱かれて、土屋は白濁液を噴き出した。

「ううん……ううう……気持ちいい……」

迸るザーメンを秘肉に受け、美華は官能の悦びに、白蛇のように悩ましく身をくねらせる。土屋は呻き声を上げ、暫く美華の中でペニスを痙攣させていた。強すぎる快楽に、二人の性器はドロドロに蕩け合って、本当に一心同体になってしまったような気分だった。美華はこうしてまた、土屋のペニスが自分の身体の一部であるような錯覚に陥ってゆくのだ。

官能の嵐の後、二人はベッドで寄り添い、美華は土屋に腕枕をされて微睡んだ。言葉を交わさなくても、甘く幸せな一時だったが、煙草を吹かしながら土屋がポツリと呟いた。

「美華……。お願いだ。俺、女房と別れるから、一緒になってくれ」

土屋の言葉に、美華は急に正気に戻る。そして「どうしよう」というように、おどおどとした。複雑な思いが込み上げ、胸が締めつけられる。美華は掠れる声で言った。

「そんな……私なんかのために、優しい奥様と別れるなんて……ダメよ。勝手じゃない、そんなこと。私とは、このままの関係でいいでしょ。時々会って、遊んで。……ねえ、そのほうがお互い、いいのよ。そうでしょう？」

言葉とは裏腹の美華の本心に、土屋は気づいていた。彼女の瞳は潤んでいる。必死で自分の心を押し隠そうとする美華が愛しく、土屋は彼女を抱き締め、続けた。

「分かってる、美華の言うとおり、俺の我儘だ。でも、仕方ないだろう。俺は美華を好きになってしまったんだから。放したくないんだ、お前を。……女房には、もう愛情がないんだよ、俺。愛することができない女と、無理に一緒にいることはないだろう？　無理して我慢して一緒にいたって、互いに寂しさが増えるだけさ。さっさと別れるより、そのほうが罪かもしれないよ。……美華に会う前に、女房とは、もう溝ができてたんだ。いろんなことが積もりに積もってね。俺の両親との付き合いとか、親戚の付き合いとか、日常の些細なこととか。そしていつ頃からか、一緒にいてもまったく楽しくなくなってしまった。美華は知らないだろう？　夫婦で一緒にいて寂しいって、一人でいて寂しいより、ずっとずっと寂しいんだぜ。……だから冷め切った今の関係を続けるより、キッパリやめてしまったほうがいいんだよ。俺、女房にちゃんと補償はする気でいるしさ。金を充分に渡せば、あいつは何も言わず別れてくれるさ。却ってせいせいするんじゃないかな。ロマンも何もない話だけどさ」

妻に対する彼の本音を聞いて、美華は心が少しラクになるが、やはり躊躇っていた。どうしても心に引っ掛かることがあった。

「でも……貴男のお子さんには罪はないわ。お父さんがいなくなったら、とても哀しいわよ、きっと……」

美華は土屋の子供のことを考えると、彼の好意を素直に受け入れることが、どうしてもできなくなるのだった。土屋も、子供のことは気になるのだろう。目を瞑り、少し考え、そして言った。

「うん、確かに子供のことは気掛かりだけれど、もうだいぶ大きいからな。二人とも高校生だし、説明すれば夫婦のことだって納得はしてくれるさ。金銭的には、あいつらが社会人になるまでは、絶対に面倒はみようと思っている。……だから美華、正直、お前にすごい贅沢はさせてあげられないかもしれない。何もかもを、買い与えてあげることはできないかもしれない。それじゃいやか？」

美華は首を激しく振った。

「違うの！　私はお金のことを言ってるんじゃない。貴男に贅沢させてもらいたいなんて、そんなこと、考えたこともないわ。ただ、私は、やっぱり、悪いような気がするの、貴男の御家族に。『一緒になろう』って言ってくれたのは、嬉しかった。本当に、嬉しかったわ。でも……お願い、考えさせて。今後のこと、落ち着いて考えたいの」

　美華の肌は透き通るように煌めき、瞳が潤んでいる。彼女の誠実な心が愛しくて、土屋は美華を抱擁した。

「ああ、今後のこと、考えてくれ。良い返事を待ってるよ」

　土屋の温もりに埋もれながら、美華はそっと目を閉じる。彼の浅黒い肌にもたれていると、美華はなぜか海の匂いを感じた。

「海……」

　美華の呟きに、土屋が「え？」と問い返す。

「ううん……。夏になったら、海に行きたいと思ったの。このところ、ずっと海を見てないような気がするから」

　土屋は微笑み、美華の頬にキスをした。

「一緒に行こう。夏になったら、海を見に行こう。楽しみだな、美華と海に行くの」

「うん……私も楽しみにしてる……」

美華は呟き、土屋の胸にもたれる。この温もりを、ずっとずっと、抱いていたかった。

最高の贅沢

美華は突然、娼館から消えた。仲間の女たちにも、馴染みの客にも、ボーイにもメイドにも緒形にもサトルにも、何も告げず、いなくなった。娼館は騒然となったが、瑠璃子は説明して皆を落ち着けた。

「美華の一身上の理由よ。詮索は、しちゃいけないわ。……言えるのは、彼女は新しい地で、元気にしているということ。彼女のことは心配ないわ。私とは連絡が取れるようになっているから」

美華は、瑠璃子だけには、やめる理由や行き先を教えていたのだ。

美華が突然姿を消したということを聞きつけ、土屋が娼館に飛んできた。彼は今まで見せたことのないような血の気の退いた青い顔で、ひどくうろたえていた。

「携帯電話が繋がらなくなったから、おかしいなとは思っていたんだ。それが……こんなことに。ママ、お願いだ。美華の居場所を教えてくれ。一生のお願いだ。……頼む、頼みます」

　そう言うと土屋は瑠璃子の前で土下座をし、床につくほどに頭を下げた。そして、激しく嗚咽をした。元世界チャンピオンの男泣きに、瑠璃子は胸が熱くなる。土屋は理性を失い、こんな情けない姿を見せてしまうほどに、美華に惚れているのだ。

　瑠璃子は土屋に、美華からの手紙を渡した。「彼がもし、私の居場所を強く知りたがったら、これを渡してください」と、彼女に言われていたからだ。土屋は涙を手で拭い、封を開け、美華の手紙を読んだ。

「沖縄にいます。もし、どうしても私に会いたかったら、沖縄に探しにきてください。勝手なことをして、ごめんなさい」

　手紙には、これしか書かれていなかった。沖縄のどこにいると、具体的な地名も記されていない。しかし土屋は、手掛かりを摑んで、喜びに燃え立っていた。涙はすっかり止まり、彼の顔に精気が戻ってくる。

「ありがとう、ママ。恩に着るよ。ありがとう！」

　土屋は瑠璃子に大きな声で礼を言うと、美華の手紙を握り締めて、娼館を飛び出していった。

陽差しが弱まってきた頃、美華は潮風に吹かれながら海を眺めていた。沖縄の夏は、気温は上がるが、湿気がないのでカラッとして過ごしやすい。沖縄の恩納村《おんなそん》にきて三週間が経ち、ここの気風が徐々に肌に馴染んできた頃だ。想像していたよりもずっと住みやすく、美華はここにきて良かったと、真に思っていた。マンションも見つかり、仕事もどうにか探すことができた。小さなフランス料理の店で、まずはアルバイトから始めることにしたのだ。ソムリエの資格を持っている美華を、その店は快く雇ってくれた。恩納村を選んだのは、リゾート地でレストランがたくさんあるからだった。時給千二百円の生活が、美華は新鮮で楽しかった。今は娼館で貯めた金があるから悠長なことを言ってられるのかもしれないが、美華はもともと金銭に執着がないので、無一文になったらなったでいいのだ。

（そうしたら、また初めからやり直せばいいのよ。ケセラセラ、なるようになるの）

沖縄の爽やかな風に吹かれ、美華は楽天的だ。娼館時代に身体や心に纏わりついていた影が、ここの風や太陽の光や空気や水に洗い流されてゆくようだ。美華は潮風を吸い込み、大きく伸びをした。

ここにきて美華は、髪を短く切ってしまった。化粧もせず、Tシャツにジーンズ姿の美華は、まるで少年のようだ。今、娼館の仲間たちに会っても、おそらく自分と気づかないだろうと、美華は苦笑する。

美華は、すべてを捨て去るため、ここにやってきた。あの世界にあれ以上長くいるのは、神経を痛めることになると、自分でも分かっていたからだ。美華の性格では、あそこまでが精一杯だった。彼女は土屋のことでも、色々思い悩んだ。そして、やはり身を引いたほうが良いと、結論づけたのだ。東京の近くにいれば土屋のことを頻繁に思い出してしまいそうで、行き先には遠く離れた沖縄を選んだ。自分のせいで、土屋の妻子が哀しい思いをするのが、美華はやはり嫌だった。

では、美華はどうして彼に短い手紙を残し、「沖縄にいます」と行き先まで書いたのだろうか。

それは、美華の唯一の「エゴ」だったのだ。彼女は一種の賭《か》けをした。土屋が自分を沖縄まで追い掛けてきて、探し当てたら、彼の気持ちを受け入れようと。それほどまでに自分を思ってくれているなら、何があっても、ずっと上手くやっていけるような気がするからだ。

(でも……彼が私をここで見つけ出せる可能性は、ゼロに近いわよね)

美華は風に吹かれて苦笑する。恩納村にいるとは一言も書かなかったし、髪も切って外見も変わってしまった。娼館の中で着飾っていた頃とは、まったく違う。もし土屋が恩納村にきて、擦れ違ったとしても気づかないかもしれない。そう思い、美華は溜息をついた。これでもし再び会えた限りなくゼロに近い愛のエゴを残し、美華は土屋のもとを去った。これでもし再び会えたら、それは奇跡だろう。その時は運命と思い、それに素直に従うつもりだ。美華は青空に向かい、大きく手を伸ばす。流れる雲が眩しくて、目を少し細めた。

「ミカ！　ミカ！」

どこからか名前を呼ぶ声が聞こえる。美華は思わず周りを見回し、そして苦笑した。この地で、本名ではなく、〝娼館の源氏名〟で呼ばれるわけがないからだ。真っ白な砂浜、泳ぎにきている人はあちこちにいる。きっとその中に「ミカ」という名前の女がいるのだろう。

美華は気にするのをやめた。

しかし、「ミカ！」と叫ぶ声は、だんだんと近づいてくる。声にも聞き覚えがあった。美華はさすがに振り返った。砂浜に、土屋が立っていた。二人は見つめ合った。その一瞬に、二人は時が止まってしまったかのような永遠を感じた。

二人は砂浜に寄り添って座り、海に沈んでゆく夕陽を眺めていた。

「よく探し出したわね、私のこと。広い沖縄で。髪短くして、こんな姿なのに」

美華はそう言って微笑む。土屋は美華の手を強く握り、言った。

「好きな女なら、分かるよ。髪形変えたって、素顔だって。一目見て、美華だって分かった。それに言うほど変わってないさ。ドライブデートした時の美華と、同じ表情だもん。あの時もこんなカジュアルな格好で、化粧も殆どしてなかっただろ。……でも、沖縄は歩き回ったけれどね。ちょうど二週間。初め那覇のほうを一週間掛けて回って手応えがなくて、ついにママに電話して、『沖縄のどこらへんにいるか、頼むから教えてくれ』って泣きついたんだ。ママ、『一週間も探し回ってたの！』って驚いて、教えてくれたよ。俺のこと、不憫《ふびん》に思ったんだろうね。それで恩納にきて一週間、探しに探して、ようやく見つけた。もう、足が棒だ」

長く伸びた無精髭《ぶしょうひげ》をさすり、土屋が笑う。呆れるほどの彼のガッツが、美華は涙が出るほど嬉しく、土屋に身を擦り寄せる。夕陽が海に溶け、橙色が波に混ざって広がってゆく。土屋は再び、美華に「一緒になってくれ」と言った。彼は、既に離婚をしていた。

「俺、なんにもなくなっちゃったよ。家も、金も、やっちゃって」

土屋はそう言って苦笑いする。美華も彼の手を握り返し、言った。

「私も、なんにもなくなっちゃった。優雅な生活も、華やかな交流も」

二人は顔を見合わせ、じっと見つめ合う。相手の瞳の中に、自分の顔がしっかり映っていた。

「なんにもなくなった同士が、遠い土地で再会するって、これはもう奇跡だな」

「そうね、運命なのかも」

り続ける。

夜の海のように、二人の心は静かに穏やかにさざめいている。二人は指を絡ませ、砂を弄

「美華の本名って、なんて言うの」

土屋が唐突に訊ねる。美華は苦笑した。彼は、本名も知らない女を追い掛けて、沖縄を歩き回ったのだ。本名も知らない女のために、離婚までしたのだ。そんな純粋さに、美華は不意に目が熱くなる。彼女は涙を堪え、明るい声で答えた。

「平凡な名前よ。『幸子《さちこ》』って言うの。幸せな子、で幸子。私、この名前、あんまり好きではないの。ほら、『幸子』って名前の女性は、あまり幸せになれないって、よく言うじゃない。……私の人生もそうだって、ずっと思ってたから」

土屋は彼女を抱き寄せ、短く切った髪を撫でながら言った。

「そんなことないさ。そんなの、迷信だよ。だって、俺のお袋、幸子って名前なんだ。……これまた、すごい偶然で、ビックリだけどさ。で、俺のお袋、幸せだって言ってる。いつもニコニコ笑ってて、親父ともずっと仲良くて。俺みたいな息子がいたから、本当は苦労したのかもしれないけれど、『私は幸せもんだよ』っていつも言ってるんだ。だから、幸子って名前の女が幸せになれないなんて、そんなの嘘っぱちだ！……俺がお前を、幸せにしてやるから。絶対に、してやるから。なんにもなくなった俺だけれど、それだけは約束するから。

絶対に」

沖縄の熱い風に吹かれて、二人は抱擁し、火照った心を擦り合わせる。彼女はようやく、最高に贅沢なものを手に入れた。最高に贅沢なもの。それは、彼女にとっては、土屋自身であった。

幸子は土屋の胸に埋もれながら、生まれて初めてというほどの、喜びの涙を零した。

この作品は書き下ろしです。原稿枚数３６０枚（４００字詰め）。

GENTOSHA OUTLAW BUNKO

高級娼館《こうきゅうしょうかん》

黒沢《くろさわ》美貴《みき》

平成18年10月10日　初版発行

発行者——見城徹
発行所——株式会社幻冬舎
〒151-0051東京都渋谷区千駄ヶ谷4-9-7
電話　03(5411)6222(営業)
　　　03(5411)6211(編集)
振替00120-8-767643
印刷・製本—中央精版印刷株式会社
装丁者——高橋雅之

幻冬舎アウトロー文庫

ISBN4-344-40866-7　C0193　O-60-11